あの頃、バブル

田畑 暁生

鳥影社

あの頃、バブル　目次

猥雑な風景

1

十一月も終わりの午前四時半といったら、まだまだ暗くて寒い。その中を、須崎俊彦は自転車を駆っている。H大に行っている友人の豊岡が、学園祭の屋台の夜番にあたったとかで、退屈しのぎに遊びに来ないかと誘われたのだった。豊岡の話だと、共通の友人も何人か来るという。俊彦は自分の方の学園祭もあり、何時になるかはわからないが、まあ十一時位に行くことになるだろうと返事をした。場所を尋ねると、7号館という建物を入ってすぐ左で、数少ない豚汁屋だから、わかるだろうと豊岡は言った。

俊彦は約束通り十一時に行くつもりでいた。が、学生会館の部室で始めたトランプに、心ならずも熱中してしまい、重い腰を上げたのは既に四時を回った頃だった。まあどうせ一晩中夜明しするのだろうから、いつでもいいだろうという気持ちはあったに違いない。

ともあれ俊彦は、早朝の東京を自転車で駆け抜けることになってしまった。富ヶ谷、原宿、参宮橋、四ツ谷と通り、あとはお堀沿いを通ってH大のある飯田橋へと急いだ。

夜のサイクルで怖いのは、下の段差がよく分からないことである。昼間なら段差の低い所を選んで通っていくのだが、暗くてよく見えないと、思いの他大きな落差を経験してしまい、足腰と自転車を傷めてしまう危険があった。

着いたのは午前五時過ぎだった。適当な所に自転車を停め、H大の正門をくぐった。正門のすぐそばで、麻雀をしている学生達がいる。

「すみません。7号館ってどれですか」俊彦は声をかけた。

「ああ、7号館ね。あれ、すぐ見えてるやつですよ」一人が正面に見えている建物を指差した。俊彦は建物まで駆けた。中へ入って、あまりの散らかり様に、俊彦は立ち止まった。ビラ、チラシ、紙コップなどがびっしり廊下を覆い隠していて、下のタイルが見えないほどだった。全く壮大なムダだ、と俊彦は思った。どれだけ多くの資源がムダに費消されていることか。そんなことを考えながら探していたためか、豊岡のいる筈の屋台は見つからず、俊彦はゴミだらけの校舎を右往左往することになった。あちらこちらにぽつぽつと人がいて、寝ていたり起きていたりしている。その中で腰の曲がった掃除婦が一人、黙々と職務に励んでいた。

俊彦が豊岡の屋台を見つけたのは、三十分ほど走り回った後だった。豊岡の他には、やたら着膨れした見知らぬ男がいただけで、他には誰もいなかった。

「やあ」須崎は手をあげた。

「なんだ須崎、遅かったなあ」

「あっ、友達、紹介してよ」着膨れた男が豊岡に言った。

「ああ、高校時代の友人の、須崎です」

「どうも今日は、いや今晩は」

「ぼくは豊岡のサークルの先輩にあたる、法学部二年の寺田です。今晩は」

「ねえ、山下とかは来てたんじゃないの？」俊彦は、豊岡との共通の友人の名前を出した。

「帰ったよ、もう。もう五時近くじゃないか」

「いや、悪かった」

「何してたんだよ。駒場祭の後片づけか？」

「そんなものあるわけないだろ。うちのサークルは手抜きで駒場祭に何もしてないんだから。いや、何もでもないかな。親しいサークルの部屋に、会報を置いてもらっただけ。二冊くらいしか売れなかった」

「須崎君は、どんなサークル何やってるの」寺田が尋ねた。

「下らないサークルです。名前は立派ですが、実際はナポレオンというトランプのゲームばかりやってます」

「何ていうの」

「文学理論研究会です。名前は立派でしょ。でも、実態は死にかかってますよ」

「やっぱり文三が多いんだろ?」豊岡が口をはさむ。

「ああ、まあね。駒場では文三が七人、文二が一人、文一が一人、それから理一が一人、本郷へ進学した人では、文学部の人が三人、教育学部が二人、経済が一人、だったかな。ねえ、山下はいつ帰ったって」

「もうとっくの昔、終電前に帰っちゃったよ。島村だけはさっきまでいたけど、車で帰った」

「そうか、そうだったのか、残念だな」

「一体何してたんだよ。怒ってたぞ」

「ああ、ちょっとね。すまん。あっそうだ、栗原さんはいるかい」栗原さんというのは、高校時代に俊彦や豊岡と同じクラスで、やはりH大に進学しているのだった。

「栗原さんはね、何とかっていう屋台をやってるんだ」

「何の屋台?」

「多分クレープじゃなかったかな」

「どこにあるの」

「ちょっと来てごらんよ」

俊彦は豊岡の後について、校舎から、やや明るくなり始めたキャンパスへ出た。ベニヤ作りの沢山の出店が並んでいる。豊岡はその中の一つを指さした。

「ああ、これだ、これだ」

「間違いないだろうな」

「ああ、多分」

「中で女の人が寝ているなあ。声をかけていいのかなあ」

「いいんじゃない、別に」

「すみません」俊彦は女性に声をかけた。

「はい、何ですか」

「あの、栗原さんいます？」

「栗原さんねえ？　栗原さんなら、今たぶん学館で映画を見てますよ」

「ああ、どうも」それから、俊彦は豊岡の方に向きなおった。

「学館だって、行こうぜ」

「俺はいいよ、一人で行ってこいよ」

「そうか、どこにあるの」

「あの建物だよ。それじゃあ」豊岡は寒かったのか、スタスタと7号館の方へ戻って行った。

俊彦は一人で学館に向かった。途中、大きなやぐらが組み立ててあった。野外コンサートに使うのだろうが、何となく不安定で壊れそうな感じがして、急いで側をすり抜けた。

学館の中が、また凄かった。ここはもう、修羅場としかいいようがなかった。夥しい数の学生が、廊下やら階段やらホールやらで横になって、寝ていた。風邪を引かないのだろうかと、俊彦は他人事ながら心配した。そういう訳で、足の踏み場がなかなかなく、爪先立ちでスペースを見つけながら、歩いて行かねばならなかった。映画を上映するはずの舞台にも人がごろごろ寝ていた。観客席でも寝ていた。全く宴の後だった。その中で俊彦は栗原文子の姿を探したけれど、なかなか見つからない。どこか別の所にでも行ってしまったのだろう。

俊彦はしばらくして、諦めて、豊岡のいる7号館に戻った。

「どうだった、いたか」

「いや、見つからない」

「ああ、そうか。ちょっとここ片づけるから、手伝ってくれないか」

「分かった」

俊彦は、豊岡と、寺田という先輩と三人で、ビールの空き缶やらお菓子の空き箱やらコップやらを、黒いビニール袋に詰めていった。それがいっぱいになると、豊岡がそれを担いで捨てていった。周囲の模擬店でも、同じように学生が片づけ始めている。

先輩らしき人は、着膨れたままベンチに横になった。

豊岡も戻ってくるなり、

「じゃあ、今日の朝はまた十時頃から店を開けなければならないから、俺も寝る」と言い捨てて横になった。俊彦はしばらく所在なくその辺をぶらぶらしていたが、明るくなるにつれてますますあたりの猥雑さが増してくるので、耐え切れなくなった。豊岡に一言、帰ると言おうかと思ったが、もう静かな寝息を立てている。わざわざ起こすこともないだろう。俊彦はそっと歩いて校舎を出、自転車に乗って家の方へ向かった。方角の関係で、なぜだかやけに紅い朝焼けが正面に見えた。途中一回コンビニエンス・ストアに立ち寄った他は真っ直ぐ家に戻り、ベッドにもぐりこんだ。

俊彦が目を覚ました時には、時計は既に午後二時を示していた。三限からの体育実技にはもう間に合わない。体育実技は四回休むと単位が危ないと言われている。俊彦は今期は一回しか欠席していないので、まあまだ大丈夫だろうと自分を納得させた。大学へ行かないとなると、バイトの家庭教師までにはずいぶん時間がある。寝巻を平服に着替えながら、俊彦は近所に新しくできた貸しＣＤの店にでも行ってみようかと思った。まだ眠い目をしばたかせながら台所へ行くと、冷蔵庫の中から牛乳の紙パックを取り出して、残りが少ないのを確かめ、そのまま口をつけて飲み干した。

2

Welsh children had to use English at school. If they spoke any Welsh, they were punished. They had to wear a piece of wood round their neck. The wood said "Welsh Not." It means that you must not speak Welsh. The children with a piece of wood round their neck were flogged as soon as school was over.

「じゃあ、富雄くん、読んでみようか」

「ウエルッシュ、チャイルドレン」

「違う違う。チルドレン」

「ウエルッシュ　チルドレン　ハド　トウ　ユーズ　イングリッシュ　アト　スクール。イフ　ゼイ　スポーク　エニー　ウエルッシュ、ゼイ　ワー　ピュニッシュト」

「ピュニッシュトじゃないよ。パニッシュトゥ」

「パニッシュト。ゼイ　ハド　トウ　ウエア　ア　ピース　オブ　ウッド　ラウンド　ゼア　ネック。ザ　ウッド　セイド　ウエ」

「セイドじゃなくて、セッド」

「セッド　ウエルシュ　ノット。イト　ミーンズ　ザット　ユー　マスト　ノット　スピーク　ウエルシュ。ザ　チルドレン　ウイズ　ア　ピース　オブ　ウッド　ラウンド　ゼアネック　ワー　フロッグド　アズ　スーン　アズ　スクール　ワズ　オーヴァー」

「はい、じゃあ訳してみようか」

「先生、ウエルシュって？」

「あれ、この前やったろ。イギリスは四つの地域に区分できる。北アイルランド、スコットランド、ウェールズ、イングランド。その、ウェールズの、という意味だよ。ほら、前の方に確か地図がある」

「ああ、ああ。ウェールズの子供たちは、学校では英語を使わなければなりません」

「過去だよ」

「でした」

「それから、ここのEnglishは、英語というより、さっき言ったイングランド語、という方がいいかもしれないね」

「先生」

「あ？」

「何で英語を勉強しなくちゃならないのかねえ」

「ああ、うーん。まあ入試にあることが大きいんだけど」

「じゃあ、何で入試にあるのかなあ」

「そうだなあ」俊彦は、何から話そうかしばらく考える。「あのさ、十六世紀ころから、地理上の発見って言って、ヨーロッパの文化が世界中に広まっていった。中でもイギリスは十七世紀ころから力を奮って、「大英帝国」と言って世界中にたくさんの植民地を作って栄えた。もちろん植民地にされる方ではたまったもんじゃないが、事実としてヨーロッパの文明は進んでいたから、それを摂取するために、英語とかを勉強することが、必要だったんだ。あ、それから、今の日本はアメリカとの関係が深いだろ、深いんだよね。いや、だから将来アメリカとビジネスをする人も多い」

「でも普通に日本にいる分には、要らないような気がする」

「それに外国語を一つくらいやっておくことは、日本語を相対化して理解する上でも重要なことだよ。フランス語とかドイツ語に比べて、英語は活用がとても簡単だ、ということもあるし。英語の活用は、いくつある？」

「えーと、現在と、過去と、過去分詞と」

「ああ、原形と、三単現のSと、過去と、過去分詞と、現在分詞・INGってやつね。たった五つなんだよ。フランス語は確か、四十八くらいあるんだよ。ドイツも、いくつか忘れたけど、たくさんある。だから、一つヨーロッパ語をやるなら、英語が一番とっつきやすいということもあるんじゃないかな。ま、いいじゃないか。入試もあと四ヵ月くらいだし、とにかく勉強しなきゃ。ほら、Ifから訳してごらん」

「えーと、もし彼らがいくつかのウェールズ語を話したら、彼らは、このpunishedって」

「punishは、罰する」

「彼らは、罰せられた。彼らは、ひときれの木を、彼らの首の回りに、着る、いやつけるかな、つけなければならなかった。その木は、『ウエールズ　ノット』と言った」

「木はなにも言わないよ。ここは、書いてあった、ということ」

「その木は、『ウエールズ　ノット』と書いてあった。それは、あなたはウェールズ語を話してはいけない、ということを意味していた」

「今度は現在」

「意味している。その子供たちと木のひとかけらは、首の回りを、あれ？」

「ここのwithは、並列的に並べる『と』じゃなくて、身につけている、という感じの意味」

「はあ？　よくわからないなあ」

「うん、だからさ、首にひとかけらの木片をつけた子供たち、というのがひとかたまりの主語になるわけだよ」

「先生、flogged って?」

「あっ、この単語はわからないなあ。まあ、あまり使われる単語じゃないだろう」俊彦は自己弁護した。「辞書を引いてごらん」

「えー、辞書引くの? 面倒くさいなあ」

「ちゃんと辞書をコツコツ引くのも、勉強のうちだよ」

「えーと、鞭で打つ、かりたてる」

「じゃあ、soon は?」

「この前出てきたろ? 全く、すーぐ忘れちゃうんだから」

「えっ」

「すーんぐ、と覚えればいい。soon は、すぐということ」

「ばかばかしい」

「ここでは、as soon as でひとかたまりだね。これは、なになにするやいなや、という意味」

リリリリン、リリリリンと、タイマーの音が鳴り出した。

「あ、休憩休憩。ああ疲れた」

「全く君は、休んでばかりだな。タイマーが鳴るやいなや、彼は休んだ」

「何か言った？」

「別に」

ドアが開いて中学生の母親が入ってきた。

「はい、ごくろうさま」彼女はお盆に乗せてきた紅茶と、立派なシュークリームの皿を、勉強机の上に音を立てないで置いた。

「富雄、ちゃんと勉強してる？」

「ああ、ああ。わかってるって。任して」

「それじゃあ、須崎さん、お願いします」母親は軽くお辞儀をした。

「はい、はい」俊彦も軽く頭を下げる。母親はもう一度小さくお辞儀をして、後手にドアを閉めて出ていった。

俊彦は、教え子の富雄という中学生について、あまり知らない。知っているのは、富雄の父親が不動産業と貸しビル業を営みかなり裕福であること、部活動をやっていないことくらいである。それで、あまり話しかけることが、思い浮かばない。

富雄の個室は、おそらく八畳間であろうが、いろいろなモノが散乱していて、あまり広くは感じない。ドアから見て左側の壁には巨大なステレオ一式が君臨しており、スピーカーはダンボール箱のように大きい。その前には、おにゃん子くらぶや南野陽子のＣＤやリモコンが散乱している。その付近には、制服などの服が散らばっている。部屋の真ん中あたりには、薄汚い少年漫画雑誌が山と積まれている。ステレオと反対側の壁には大画面のテレビとビデオデッキがあり、ビデオテープが無造作に何本か置いてある。その隣は本棚と洋服だんすだが、本棚のほとんどは漫画本で、よく見るときれいに1巻から50巻まで揃っていたりする。ビデオテープの陰には、ファミコンの本体が見えた。

シュークリームを食べながら、俊彦はポツリポツリと富雄に声をかける。

「中間テストは、どうだった？」

「まあ、まあというか、ちょっとダメだったのもあった」

「学校は、楽しいかい」

「別に」

「ファミコン、やってるの？」

「やってるよ。ああ、そう言えば、今度レーザーディスクを買ってもらうんだ」

「レーザーディスク？　受験が終わってから買ってもらうとか、少しは我慢したらどうなんだい」

「何言ってんの」富雄はちょっと怒った風だった。「我慢なんかしてたら、欲しくなくなっちゃうよ」

3

そろそろ腹が減ってきた。その翌日の俊彦は、サークルの会誌に載せるレポートのために朝から大学の図書館にこもっていたのだが、そろそろ集中力の限界にきていた。俊彦は読みかけの大田南畝全集を閉じ、一心不乱に勉強しているように見える者達を横目で見ながら、声を立てずに大きな欠伸をした。勉強しているように見えても、東大生は概ねポーカー・フェイスの達人である、何を考えているかは分かったものではない、と俊彦は思っている。苦悩の顔の裏で舌を出し、微笑む裏で未来の金銭を勘定する、ゆめ油断ならぬ。俊彦はやおら立ち上がると、全集を元の書棚に戻した。そして、筆箱とノートを無造作に肩掛け鞄に突っ込むと、スタスタと出口まで行き、図書館の重い透明扉を押し開いて外へ出た。

駒場祭の残りやら学費値上げ反対やら寄付講座粉砕やらの立て看が、ぽつりぽつりと銀杏並木の中に残っている。何ともいえない臭いが、おそらくギンナンからだろうが、立ち上っている。どうも空気が淀んでいて、秋の終わりの爽やかさが感じられないのが、俊彦には不愉快だった。

駒場寮の前の大きな木の下で、一人の貧相な男が、ハンドマイクを片手に何やらどなっている。目付きが悪い上に、頬がこけていて、顔色が青白い。どうせ宗教団体であろう。俊彦は無視して通り過ぎた。

たどりついた生協の食堂は、はや混み始めている。俊彦は空いている席を素早く目で捜すと、鞄を置いて確保してから、食券を買う列に加わった。窓口がまだ二つしか開いていないので、列が割に長い。自分の番が回ってくると、俊彦は「ランチ」を頼んだ。食券を買ったら今度は、調理場の方で並ばなければならない。こちらの列も長かった。所在なく握りしめていた食券に、老人の皺のような折り目がついた。

ランチを乗せたお盆を席まで運んで、俊彦はやれやれと腰をかけた。時間のかかるのはここまでで、俊彦は食べるのは異常に速かった。高校の担任教師が軍隊出身で、ことあるごとに「はやめし・はやぐそ・はやばしり」などと言っていたが、はやめしに関しては、俊彦はその忠実なエピゴーネンだった。それ以外は気にくわなかったが。

さて、食事を済ませて外へ出ると、次は書籍部へ行く。といっても今はあまりお金がないので、見るだけ。入口のそばにあるベストセラーの順位を一通り確認する。目録のところに「これから出る本」の新しいのが出ていた。家へ帰ったら、今月読むべき新刊をチェックしなければならない。

それも済んで、再び図書館へ戻ろうと書籍部を出ると、銀杏並木の隅でちょっとした小競り合いが起き、多くの学生が遠巻きにして傍観していた。傍観している中には、俊彦と同じクラスの者も何人かいた。

小競り合いの中心は、先ほど何かをまくしたてていた貧相な男と、もう一人しもぶくれの顔をした男だった。どうやらこの二人が宗教団体らしい。それに対して、三人のいずれも痩せた、左翼運動家風の男たちが対立しているようだった。あまりにありふれた、絵に描いたような対立図式で、思想的には何も面白くない。むしろ俊彦は、中核や核マルの分裂、盛衰を経た生き残り同志の内ゲバに個人的な興味を持っていたが、そのような場面にお目にかかることはめったにないことだった。ただ、つまらなくても、退屈しのぎにはなる。そう考えて、あるいは何も考えないで、多くの傍観者が眺めているのだ。

「あんたがたは悪魔だ」

「お前たちの方こそ謀略団体だろう」

「何をするんですか、つかむのはやめて下さい。みなさん、見て下さい。この一方的な暴力を」

「何だって？　つかんでいるのはお前の方じゃないか」

しもぶくれの男がマイクを握った。

「ええ、このような暴力が日常的に行われているところに、真の民主主義があるでしょうか。

ええ、自治会はこのように、しょうしゅうしゃ、いや失礼、少数者を排除しようとして」

「うるさい、だまれ。きさまらの教祖とやらは、いま服役中だろうが。この淫教徒。霊感商法の親玉」

「何だと」

「あっ、何だこの手は。お前らの方で暴力反対だのなんだのと言っておいて」

しばらくもみあいになる。罵声も大きくなる。傍観者の輪も、少し広がる。

「ほらほら、やれよやれよ。思う存分」傍観者の中で、ひときわ体ががっしりしていて強そうな男が、けしかける。少し笑い声がおこる。

ちょうどその時、生協へ食品を搬入する大型トラックが、正門の方からスピードを上げて走ってきた。こんな人間の集団があったのでは通れない。運転手は、とっととどかんかい、というような悪意をこめた激しいクラクションを、ブッブッブーと勢いよく鳴らす。傍観者の集団は、ぞろぞろとアメーバのように分裂して、トラックは通りすぎる。通り過ぎてしまうと、またぞろぞろぞろと、一つに戻る。

「ええ、みなさん」

「まだ何かしゃべる気か。おまえら一体なんなんだ。どうせ学外者だろう。出てけよすぐに」十人くらいの声で「出ていけ」というシュプレヒコールが起こる。

「いつか、あなた方は呪われる、呪われる。最後の審判の日に、あなた方は地獄へ落ちる。我々は、あなた方を救い……」

「出ていけ、出ていけ」

「いつかあなたは、呪われる、呪われる。最後の審判の日が来ます。その時になって後悔しても遅い」などと言いながら、貧相な男はハンドマイクやら教典やらを撤収にかかった。しもぶくれの男も、それを手伝う。その辺でパラパラパラパラと疎らな拍手が起こる。大多数の傍観者は拍手さえもせず、ただ物足りなさを感じているようだった。

「この前の方が、派手でよかったんちゃう」大阪弁が聞こえてくる。

「そやなあ。最近は根性あらへんからなあ」

「やるからには、ぱしっとやらにゃあ、あかんよなあ」

八十人くらいはいた学生は、思い思いの方向に三々五々散りはじめる。あとには、何もなかったように、銀杏の黄色い葉が、風に舞っている。

ペンキ屋のおやじに背中の一部分だけ青く塗られてしまった哀れな猫が、とことこと通りすぎてゆく。

俊彦は図書館へ戻る前に、生協前の自動販売機でジュースを飲もうか飲むまいか考え出していた。まあ飲めばよかろう。四段ほどの階段をあがって、コインを入れ、ボタンを押すと、紙コップがカタンと落ち、氷がカシャカシャと入り、白いシロップと着色料のオレンジが、混ぜ合わされて出てくる。

すぐに飲み終わる。底に残った氷がもったいないので、嚙み砕いて食べてしまう。あ、今日は何か予定があったろうか。黒い手帳を繰ると、今晩は予備校時代の友人と、六本木に遊びに行く約束が書いてある。すっかり忘れていた。せっかくだから一張羅の背広でも着ていくか。

4

地下鉄六本木駅の改札に着いたのは、俊彦の方が先だった。三分程待った後、手を挙げながら、W大法学部の杉田が現れた。

「おおおお、待ったか」

「いやいや、ぜんぜん」

「元気だったかよ」

「まあまあだね」

「どこに行くか決めてあんの？」

「いやいや、ぜんぜん。まず、人間観察をしようぜ」

「ナンパは？」

「どうせそんなことする勇気はなかろう？　お前だって」

「まあ、そうだな」

ここまで話したところで、二人はちょうど地下鉄の出口階段から地上に出た。交差点には、今日もたくさんのタクシーが溢れている。

「この前は確か車で来たんだよなあ」

「そうそう。タクシーに囲まれて身動きがとれなくて、困ったよな」

「確か、どっか遠いところに、車を停めたなあ」

「ええとね、変な名前の公園の所だよ。たけかんむりに、井戸の井の上に突き出た部分がないような字、筓という字だ。何て読むんだっけ」

「こうがい、だったかな」

「どういう意味？」

「何か昔の櫛みたいなもんじゃないの」

歩きながら、二人は次第に防衛庁の方へ北上する。

「こんなところまで来てどうすんの」

「何も考えてない」

「戻ろうぜ。もう」

「そうか」

俊彦はすれ違う人間達の姿を見ていた。男や女、若者や老人、金持ちや貧乏人、上品や下品、異常や平凡。浮かれているのや沈んでいるの。それぞれが、何を考えて遊んでいるのか。どこまでも続く猥雑な風景の中で。俊彦はしばし思いを巡らせる。髪をつっぱらかして立たしているのがいる。何を考えてそうしているのだろう。何百万円もする外車で乗りつけるのがいる。何を願ってそうしているのだろう。

再び交差点に戻っている。今度は麻布の方向に向けて歩き出す。警察署がある。通りすぎる。次の交差点あたりに、人が並んでいるのが見える。

「あれが、何とかいう、アイスクリーム屋かね」俊彦は言った。

「ああ。アイスクリームを食おうか」

「そうだね。肌寒い時のアイスもまた、いいもんだ。でも並ぶのはいやだなあ。ああいうのって、サクラが混じってんじゃないのかな」

「最初はそうかもしれないけれど、今は違うんじゃない、こうなっちゃうと。洋服のブランドもそうだよね。小さいお店でも、一回評判になると、そこのブランドを買うのに大混雑する。店も計算してて、ちゃんと客が並ぶように、あまり支店を出したり店舗を拡張したりしない」

「そういうもんなのか」

杉田が列の最後尾につく。俊彦もそれに従う。ただ列が長くても回転率は遅くなく、程なく店に入れた。二人とも『チョコバナナにブルーベリーがけ』なるものを頼むが、名前ほど味の方は複雑でない。

「去年の今頃は、一生懸命勉強してたよな」杉田が言う。

「そんなに勉強したっけ」

「ああ、たしか早大模試があってさ、俺は58位を取ったんだぜ」

「忘れろよ、そんなこと」

「お前は98位だった」

「あれは大体、世界史と日本史の平均点の差があったじゃないか。もうやめよう、そんなつまらない話は。何かおもしろい話はないのかよ」俊彦はなげやりに言った。

「そうだねえ。俺たちの学部の教授が、ガンで定年前に辞めたよ」

「え？　それで」

「どこのガンだと思う」

「そんなこと、わかるわけないじゃないか」

「胃ガンなんだ」

「あっそう。それで」

「胃ガン（依願）退職というわけさ」

「なんだばかばかしい」

「そんな言い方することはないだろう。丸い卵も切り様で四角、物も言いよで角が立つ」

「四角い卵と女郎の誠、あれば晦日（みそか）に月が出る、てなもんだ」

「四角い卵があったら、使い道はあるのかね」

「黄身も四角かったら、ゆでたまごを切り分けるのに便利だ」

「なるほど。こういうのはどうだ、四角い卵の六面に点を書いてさいころにする。それをやくざの賭場のサイに混ぜておく。入ります、とかなんとかいってがしゃがしゃ振ると、その間に卵が割れてぐしゃぐしゃ。はっはっはっ」

「そんなにおもしろいかね」


アイスクリーム屋をでて、またしばらく歩いた。

「どうだ、ディスコに行かないか」杉田が思い出したように言った。

「そうだねえ、もう大分行ってないなあ」

「どのくらい」

「確か夏休みに入った直後かな。お前と行ったのは、もっと前だよなあ」

「ああ、あれは六月だよ」

「じゃあ、かれこれ四ヵ月ぶりだな。行ってみるか、最近運動不足だし。どっか、いいとこ、わかる？」

「俺も詳しくないんだけど。確かこの辺のビルにあったような気がする。あ、ほら、あれ」

杉田はネオンの文字を指さした。

「ふ～ん、いくら」

「三千、いや待てよ、七階まで階段で行けば二五だ」

「よし、階段で行こう」

「マジか。疲れるぞ」

「どうせ疲れるんなら、同じだろう」二人は、エレベーターの前に並んだ華やかな恰好の男女の行列を尻目に、黄色い階段を上った。

上り終わると、鼻の頭にうっすらと汗がにじんだ。

「いらっしゃいませ」

中は混んでいる。人と音と光が渦まく、一種異様な世界。二人は荷物をコインロッカーに入れて、混雑の中に乗り込んで行く。

「『いい汗かいてるね』というのがね、俺の友達のナンパのセリフでね、大体トイレから出てきたところで、声をかけるんだそうだ。その後は、日経の話をして、頭がいいと思わせるらしい」

「そんなつまらないセリフを言う男も馬鹿だが、ひっかかる女も馬鹿だな」

「やってみれば、俊ちゃん」

「気持ち悪い呼び方しないでくれ。ところでちょっと喉が渇いてきたけど、こういうところの酒は、高いんだろうなあ」

「金はもう要らないよ」

「ただなのか」

「そりゃあ、そうだろう。フリードリンク・フリーフードというやつさ」

ドリンクは、ガソリンスタンドのガソリンのように、ホースのようなものの先から勢いよく飛び出すしくみになっていて、それをバーテンが器用に操りながら、客の注文をこなしてゆく。

「俺はどうせ社会ののけ者だから。アップルサイダー」
「それを言うなら、アウトサイダーだろ。いや、待て。アップルサイダーじゃなくてアップルタイザーだろうが」こんなことまで大声で言わねばならない。疲れる。大音響のディスコ・サウンドは、俊彦の聞いたことのないものだったが、かなり有名な曲であるらしい。一団の青年達が、それに合わせて大声で歌いながら踊っていたからである。ミラーボールの光があたる縁に陣取って、ムチャクチャに手足を動かしていると、すぐに汗ばんできた。この調子でエネルギーを、脂肪を消費せねば。一方、杉田の踊りも、かなりいい加減であることは一目瞭然であった。

そう言えば、ディスコに長時間いたり、ウォークマンをつけっぱなしにしておくと、難聴になるという新聞記事があった。さもありなん。一体何ホーンあるのだ。こういううるさい所が好きな若者を一ヵ所に集めて、そこに飛行場を作るというのは名案だ。何でこんな簡単なことに誰も気がつかなかったのだろう。芭蕉には、うるさい蟬の声を聞きながら閑けさをかんじた句があった。もし芭蕉をここに連れてきたら、やはり閑けさを感じられるだろうか。うん、これは難しい。

俊彦が目を開けると、手の触れ合うほど近くに、かなり美形の女の子が踊っている。遊んでいる女は年の割に化粧がけばけばしくて老けて見えることが多いが、わりと素肌っぽく装っているように見える。俊彦の見たところ、十八か、十九。おそらく短大生。もしかしたら勤めだしたばかりの高卒のＯＬ。いや、おそらくＯＬではあるまい。ＯＬにはＯＬの、独特のトゲがある。そうは見えない。愛くるしい目に細い唇、幼い割に白のタンクトップに包まれた胸はふくよかに見える。むらむらと通学列車の時のような欲望が沸き上がる。やはりミーハーなテニスサークルにでも入って、キャピキャピギャルと付き合うのに慣れておいた方が良かったのだろうか。いやいや、そんなことはない。精神と肉体では精神が優越のはずである。それが、二十年間の思索の結果ではなかったか。軽い偏頭痛が、俊彦の後頭葉あたりを襲ってくる。

5

俊彦は、結局ディスコに始発までいた。家に帰って朝食も食べずに二時間程眠り、果てしなく鈍った頭で一時間程フランス語の予習をした。したとはいっても、なかなか進まず、単語の意味を調べたのはたった三ページで、一回の授業で七～八ページは進める教師のペースに追いつく筈もない。それでもこれ以上休むと単位取得に支障をきたしそうなありさまだったので、俊彦はふらつく足で学校へ向かった。

教室にはほぼ時間通りに着いた。半分くらいのクラスメートが既に来ていて、それぞれ思い思いの席を占めていた。それぞれの机に、といっても五人分がくっついた長机なのだが、くすんだ色の赤と黄色のビラが置かれている。文字の形から、一瞥して左翼系のビラだということが分かる。『学友のみなさん！　大学当局はいよいよ産学共同の……』

俊彦はいつものように、後ろから二番目の席に座った。机の上の汚れが気になる。開いていた窓から舞いこんできたほこりがうっすらと積もっている。こういうところにノートを置くとすぐに黒ずんでしまう。俊彦はビラを丸めると、ごしごしと机の上を拭いた。

教師がつまらない顔で入ってくる。語学教師と学生との出会いなんて、全く「不幸な出会い」だ。それでも教師は出席用の紙を出し、学生の名前を読み始める。ぼそぼそした声である上に、周りでひっきりなしのおしゃべりが続いているので、聞き取りにくいこと甚だしい。だが出席日数を稼ぐためにきたようなものだ、ここはきちんと聞き取って返事をしておかなければなるまい。俊彦は耳に神経を集中した。

「ああ、坂本くん」

「はい」

「ああ、はいはい。ええ、篠塚くん」

「はあい」

「ふんふん。ああ、清水くん」

「はい」

「はいはい、ええ、須崎くん」

「はい」

返事さえしてしまえばこっちのものだ。待てよ、今日は当たるのかな、当たるとするとちょっとまずい。が、確か八人目の筈だからぎりぎり大丈夫ではないか。ここは、活用でも覚えておいた方が試験のためになるだろう。俊彦は、もう一枚のビラを裏返すと、不規則動詞の活用を、辞書の巻末から写し始めた。

授業が始まって十五分くらいたった頃、俊彦がクラスの中では親しくしている亀井という男がやってきて、空いていた隣の席に座った。

「もう、出席はとっちゃったろうな」亀井は言った。

「そりゃね、もう大分経ってるからね」俊彦は答える。

「須崎、進振りどうするの」

「ああ、進振りね」進振りとは、「進学振り分け」の略で、学生の希望をもとに専門の学部・

学科に振り分けていくのだが、希望の学生が定員を上回った場合、教養課程での点数の高い順に定員まで取っていく、という制度である。従って、一般に人気のない学科に進学する場合には問題はないが、人気の高い学科には、点数が高くないと行けない。それでも第二、第三希望でどこかへは行ける時が多いのだけれど、運が悪ければ留年である。もっとも、文科系の進振りは、理科系ほどは厳しくない。

「どうだったん、前期の成績は」

「あまりよくはないな。平均くらいじゃないか。英語はAとB、仏語はBが二つにCが一つ、自然はC、体育実技はBだった」

「は〜ん」

「亀井、お前は？」

「似たようなもんだ。英語は二つともAだったが、仏語はBが一つにCが二つ、あとは一緒」

「そうか」

「どこに、出す？」

「まだ決めてないが、教養学科は無理だろうな」

「う〜ん」

「去年底がついたのはどこだっけ」底というのは、進振りの点数の下限のことで、底がついた、というのは、要するに希望しても進学できない学生がいた学科、ということである。

「そうだな、教養はもちろんだろうが、あとは、社会と社会心理と心理、それに英文と仏文、教育学部の教育心理くらいじゃないのかね」

「社会は、どのくらい？」

「七十五点くらいじゃないかな」

「七十五点ね、ちょっときついかな」

「なに、後期の一般教養でいい成績をとれば、悠々だろう」

「多分だめだろう。国文か国史あたりが無難かな。その辺に行って、江戸の古文書にひたるのも、悪くないだろう。お前はどうすんの？」

「英文あたりに行って、英語の先生にでもなるか」

「割と安易だね」

「ああ」

「印度哲学か印度文学にしたらどうだい、印度はゆったりしてていいんじゃないか」

「本気か、嫁さんが来ないぞ」

「印度からもらえばいいさ、マハーバーラタ・ラーマーヤナ、四つのヴェーダ、マガダ国とコーサラ国、ヴァルダマーナのジャイナ教、マウルヤ朝のチャンドラグプタ、クシャーナ朝のカニシカ王、グプタの都はパータリプトラ、カーリダーサのシャクンタラー、なんてね」

俊彦は世界史で習ったような断片的な知識を、久し振りに吐き出した。不思議なことに、一つ言うと、また別な言葉が、いもづる式に出てくるのだった。

そんな下らないことを言っている間にも、授業は順調に進行してゆく。

「クラスでさ、成績のいいのは、誰なの。亀井は情報通だから知ってるだろ」

「まだ第一学期だからね。全優の奴がたくさんいるよ。女の子は十二人のうち五人が全優らしい。男でもさ、醍醐とか、瀬尾とか、室山とかは、全優らしい」

「はー、すごいね。やっぱり教養狙い？」

「それもあるし、法学部を狙うのもいる。法転（法学部への転部）は確か85点くらい要るらしい。あと惰性で勉強してるのもいるんじゃない」

「法律なんか勉強して、何が面白いのかね。俺は理解できないね」俊彦は吐き捨てるように言った。

授業が終わると、いつも質問に行く女子学生が、今日も教師をつかまえて何やらまくしたてていた。熱心なことだが、そこまで点数にこだわることもあるまい、と俊彦は思う。

その後三限の哲学概論、四限の西洋史と授業に出るだけは出たが、ノートもとらず、時間の大半を眠って過ごした。皮肉なことに、授業がすんでしまうと、大体目も頭も冴えてくるのだった。俊彦はまず掲示板の前に行き、重大な情報がないか調べた。それから学生課に行って、割りのいいアルバイトでもないかと探した。特になし。レポートの続きを書いてしまうのもいいが、そろそろ部室に授業を終えた連中が集まってくるころだ。だれもいなくても、ゆっくりコーヒーを飲むのも悪くあるまい。

俊彦は学生会館に入っていった。広いロビーには七十脚くらいのソファーが置いてある。大体どれも学生が腰掛けて、何やかやと話しあったり、一台しかないテレビを見たり、将棋を指したりしている。ただ、ソファーも古いので、皮が破れて(破られて?)黄色いスポンジが露出しているのや、さらにそのスポンジまでも何者かによってひきちぎられているのが、少なくなかった。灰色の壁には、誰が貼るのか不景気そうな演劇のポスターやら、普通の人が興味を持ちそうもない瑣末なテーマの自主ゼミや読書会のお知らせやらが、古いのも新しいのもひっくるめて、ぺたりぺたりと貼りついている。備えつけの裁断機の側には、これもいつものように、どこかのサークルの印刷物が山と積まれて、裁断・製本を待っていた。全く紙のムダであった。とはいうものの、俊彦の所属する文学理論研究会も、しょっちゅうつまらない文芸批評の雑誌を作っては周囲の顰蹙を買っていたのではあるが。その「文学理論研究会」の部屋の前に行くと、同じサークルの倉原と大山という二人が、ちょうど部屋を締めてでてくるところだった。

「おいなんだ、帰っちまうのか」

「ああ須崎、二人しかいないからさ、これからゲームセンターにでも行こうと思って。どうせ暇なんだろ。付き合えよ」

「そうだなあ、まあ付き合うか」俊彦は歩いてきた廊下を、再び逆戻りすることになった。

「そう言えば、レポートは出来たのか？」

「もう少し。あと五枚くらいだ。なーに、二時間もあれば書けるさ」

6

薄汚れた急な階段を上るにつれて、ボリュームを回すように音が大きくなる。軽快な電子音楽が十音、二十音以上も単に積み重なっている乱雑なポリフォニック。それに店のかけるBGMが拍車をかける。それぞれのゲーム機から流れるエンドレス・ミュージックは、似通った個性同志の声高な自己主張のようだ。

店内は制服を着た高校生や、無気力そうな青年や、不良少女や、奇声をあげる子供たちで盛況である。中には、髪を振り乱した、年の頃なら三十に手が届くか届かないかというくらいの女が、レーザー光線でも発射しそうな鋭い視線で、ゲーム機の盤上を見つめていたりする。高校生は、大体二、三人ずつ凝り固まって、店の自動販売機で買ったペーパーカップのコーラでも飲みながら、一人がゲームをしているのを批評しあったりしている。子供はよく駆け回る。静かなのはうつろな表情をした青年たちで、おそらくこういうのがハイスコアとやらを出すのかなと、俊彦は思う。

「あ、小銭が切れてる。両替しなくちゃ」

大山が両替機の方へ立っていった。

「それじゃあ俺は軽く、レーシングでもやるかな」倉原はそう言うと、ファイナル・ラップという二台並んだレーシング機にどっぷりと腰を下ろし、二流ブランドのついたスポーツバッグを床に置いた。

「ちょっと見ていていいかい」俊彦は言った。

「これはね、二人で遊べるんだよ。やれよ」

「二人でってて?」

「だから、そっちのゲーム機とこっちのゲーム機は回線でつながれていて、ちょうど二人とも同じレースに参加しているように、遊べるんだ」

「ほお、あっ、大山が来たから、大山とやれよ」

「何だよ、全く」倉原は、怒っているのか笑っているのかわからないような口振りで言った。

「あ、大山、倉原がさ、これ一緒にやりたいって」

「おおし、俺の運転テクニックにかなうと思っているのか。俺はおまえ、二度も事故を起こしてるんだぞ」

「こいつとやるのだけは避けたかったのに」倉原はまだぶつぶつ言っている。大山は完全に乗り気で、小銭入れから硬貨を出し、おい早くいれようぜ、と倉原をせかす。倉原も仕方なさそうに硬貨を入れた。

ＩＮＳＥＲＴ　ＣＯＩＮと点滅させながら、デモンストレーションを流していた画面が一変し、レースの場面に変わる。倉原も大山も最初から飛ばしにかかる。だが、結局事故の実績のある大山が、画面でも事故を頻発し、大分遅れた。

点数も、倉原の方がかなり高かった。今度は大山の方が、何やらぶつくさと文句を言っている。「あそこでハンドルをああ切っておけば、あそこがこうで……」

店内の隅の一角には、麻雀の機械が固まっておいてあった。『講師にエッチないたずらもできます』などと書かれている。

「俺麻雀できないから、こういうのやったことないんだけどさ、麻雀に勝つと、このアニメの少女が脱いでいくわけ？」俊彦は尋ねた。

「ああ、そうだよ」倉原が答える。

「こんな漫画の女を脱がして、楽しいのかね」

「楽しいんじゃない？」

「だって生身の方がいいだろう」

「そりゃあそうかもしれないが、生身がなかったら、代用品でもしょうがないじゃん」

「大体、麻雀そのものにしたって、四人集まってやればいいんで、何でビデオゲームになんかなってるんだろう」

「そりゃあ、四人集まらないことが多いからじゃないの。そんなこと言ったらさ、将棋とかオセロだって、ゲームになってるんだぜ」

「ふーん、そうか」

「お前はなんにも、やらないのかよ」

「いや、さっきから探してるんだけどね」

「何を」

「ゼビウス」

「古いなあ。古いよ。まあ、まだあるだろうけど。上とか、見てみたら」

「ああ、上ね」

このビルは二階、三階、四階が全て、ゲームセンターになっているのだった。

「じゃあ、ちょっと上に行ってみるかな」

「俺たちはこの辺にいるよ」

俊彦は、狭い階段を再び上っていった。三階にも、あるわあるわ。ブロック崩しのようなアルカロイド、サラリーマンがα星人に変身するベラボーマン、スター・ウォーズを体験しているように椅子も回るギャラクシー・ホース、高校生がケンカをする熱血硬派くにおくん、トップガンのようなアフター・バーナー。ゼビウスも、あった。ただ、いかにも理工系というような男が、五十円玉を六、七枚も機械の上に並べて、一心不乱に神経を指先に集中していた。いかにも理工系というのは、その白い顔と、度のきつそうな眼鏡もあったが、何と白衣を来ていたからだ。白衣のところどころには、薬品らしき滲みがこびりついている。

これはだめだ、と思った。何時間も空くまい。目を転じると、ピンボールをがたがたとやけに動かしている男がいる。しまいには、蹴ったりしている。こちらは、下っ端のチンピラのようだ。そう言えば、しばらく前、チンピラヤクザが貸しビデオ屋から借りたドラえもんのビデオをいつまでも返さず、訴えられたことがあったっけ。そのちんぴらも、組では頭が上がらない分、こうしたところで機械に当たりちらすことでうさばらしをしていたのだろうか。

俊彦は、もう一度階段を上り、四階へ向かった。

四階はとなると、さすがに二階や三階より人は少なかった。が、なぜだか外国人の子供たちが何人もいて、あたりで騒いでいる。

三台並んだ、チンケなスロットマシンの横に、ゼビウスはあった。俊彦はなぜだかほっとして、財布から五十円玉を取り出して、機械に挿入した。

「piipiripipipipipiripiripipipipipiripipipiripipiripipiripiripiripipipipipipiiii」

何とも表現しがたい音楽が流れ、ゲームが始まる。これは一体どうするんだっけ。確かレバーを左右に動かして攻撃をさけながら、進んでいけばいいはずだ。ああ、そうそうこの二つのボタンを標的に合わせながら押すと、地上のものが破壊されるのだ。最初は金属製のドーナッツのようなものが、飛んでくる。弾を当てて消すたび、ちりりりりん、というような音がして、あたりに破片が雲散霧消する。地上には石油タンクのような球状の建物や、ピラミッドのような四角錐の建物が現れる。戦車も出てくる。戦車は動くので的を定めにくい。そのうち空中からも弾が飛んでくる。地上には、やけにデカイ建物が現れることもある。八角形で、ところどころが点滅している。空飛ぶ円盤を擬したものだろう。そういった障害物をクリアしていくと、次の面に移る。次の面でも、大筋は変わらないが、黒い反射板のようなものが、陸続と空中に現れ、くるくると回転しながらこちらの弾をはじき返す。しかもこの板にふれてしまうと死んでしまうのだから厄介だ。板を抜けると、今度は黒くてやけに速い弾丸が飛んでくる。しかも途中ではじけてさらに小さい弾丸を放出するのだ。まるで米軍がベトナム戦争で使用したナパーム弾のように悪趣味ではないか。この弾丸で一機目がやられた。二機目は油断していて、開始早々にあっさりと撃墜されてしまった。三機目は慎重に進んだ。だが、結局、一機目と同じあたりで、やはりあの黒い弾丸にやられた。

俊彦は立ち上がった。すると、近くにいた色の黒い、六歳くらいの女の子が、俊彦の方を見た。それだけなら、どうということはない。だが、微笑んだ。俊彦は、一瞬訳がわからなかった。なぜ見知らぬ外人の少女に、微笑まれなければならないのだ。しかも、こちらの方へ近づいてくる気配さえある。どういうことだ。周囲は自分とかかわりのない風景の筈だ。風景が主体に不遜にも働きかけてくるなんて。やめてくれ。俊彦は鞄を摑むと、階段を二回まで駆け下り、倉原と大山をつかまえた。

「帰ろう」俊彦は言った。

「え、もう？　何で？」

「いいから、帰ろう」

「あ、そう。わかったよ。帰ろう帰ろう」倉原と大山は俊彦にせっつかれて、狭い階段を下りていった。途中で俊彦は慌ててつまずきそうになり、倉原に抱きかかえられた。

「何だか、お前、変だぞ」

「いや、別に。何でもないよ」

外に出ると辺りは夕闇に包まれ始めていた。道端の街灯にも、灯がともっていた。駅までの道を三人は早足で歩いた。俊彦は急に立ち止まって、道路の中央を指さした。

「おい、何か落ちているぞ。何だろう?」

三人はいがぐりのようにも見えるそれに近づいた。すぐそばまで来て目を凝らしてみると、無残にも頭のもげた雀の轢死体だった。

交信

1

ドアのノブに手を触れた瞬間、ピリリと静電気を感じ、慌てて手を引っ込めた。最近はあまり静電気を感じることがなかったので、油断していたのがいけなかったのかもしれない。何事も用心するに越したことはない。が、一回放電してしまえば、暫くは大丈夫。今度も平然と、何事もなかったかのように、どんな他人が見ていても、「あの人は電算機室に入ろうとしている、ただそれだけのことだ」と無意識に考え、それ以上のことは判断停止するような仕種で、ノブに右手の、小指を除く四本の指を絡ませ、約60度回し、静かにドアを押し開けた。

電算機室の中にはパソコンが二十台置かれている。南北の壁に向けて五台ずつ、中央に向かい合って五台ずつだ。が、いつも一台か二台は、汚い字で「故障」と書かれた紙がモニターの上に貼ってあることが多い。もっと厄介なのは、何も書かれていないのに、勝手に壊れている場合である。パソコン側の猛省を促したい。「故障」という字が汚いのは、助手の女性のせいだろう。あの人も変な人だ。昼休みに様子を見に行くと、いつもハーモニカを吹いている。それも中学生の音楽の教科書に載っているような曲ばかり。いや、正確にはふったりすいたりしている。いや、違う、吸ったり吹いたりしているのだ。一度などは、鏡の前で吸ったり吹いたりしていた。赤いナメクジのような唇が歪むのを、自分で見て楽しんでいたのだろうか。だとすれば、なかなかの美的感覚であると言ってよい。ナメクジに華やかな色彩を与えなかったのは、神の失策だ。真紅や、ビリジアンや、パープルのナメクジをキャンパスの上に這い回らすことができたら、どんなに楽しいだろう。海の中にいるウミウシの方がなぜか、カラフルな色彩をしているが、それを見習ってほしい。色とりどりのナメクジが思うような配列になった瞬間に、塩を振り掛けて固定すればよいのだ。ただ、ナメクジの移動速度を考えると、せっかちな人にはあまり向いていないかもしれない。

電算機室の中央部におかれたパソコンのうち、最も窓際寄りの一台の前には、男が一人いた。銀ぶちの眼鏡をかけた、目付きの悪い男だ。何をプリントアウトしたのか、細かい数字が書かれたコンピュータ用紙が、彼の回りに散乱している。何かの計算らしい。コンピュータ用紙と言うと、あの両側に空いている穴の列は、蛙の卵に見えないこともない。ただ、あれからおたまじゃくしは生まれまい。

私は、中央部のパソコンの内で、彼とは一番離れた位置にある場所の一台、即ち廊下寄りで、彼とは反対向きに置かれた一台の前の椅子に、腰を下ろした。遠いと言っても、向かい合わせの向きなのだから、少し視線を斜めにすれば、彼の動静が目に入る。

私の腰掛けた椅子は、緑の革が張ってあるわりと座り心地のいい椅子である。隣の椅子はそれとはうって変わって、朽ちかけた木の椅子、ちょうど雪深い山奥の廃校寸前の小学校の椅子のようだ。ところどころ錆びた釘が頭を出していて、うっかり座るとズボンに鍵裂きを作ってしまう。その二種の椅子が交互に並んでいる。意図はわからない。予算の関係かもしれない。このおかげで、昼休みなどの混雑時には、壮絶な椅子取り合戦が行われる。


私は腕を伸ばして大きく欠伸をすると、鞄のジッパーを開こうとした。その途端、再びピリリと静電気。うーむしつこい。このジッパーは長方形の金具がとれて、小さな輪のみになっているので、開けにくく、指先に鍛練が要る。

鞄の中には、フロッピーディスクのケースと、下書きのノートと筆箱、図書館から借りた本二冊。とりあえずフロッピーのケースと、ノートを出した。そしてコンピューターの電源を、入れる。

ジーン……

システム読み込み中

画面が変わり、数行の英字が出る。

フロッピーディスクをケースから出す。ライセンスファイルが入っているのは、黒のディスクだ。それを所定の位置に差し込み、リターンキーを押す。

ここから次の手順まで、コンピュータは割と時間を食う。何か細かい英文が現れては消える。一番手持ち無沙汰な時だ。国際連盟を脱退した時の松岡洋右のように、席を蹴って立ち上がろうか。でも席を蹴って立ち上がるというのは、文字通り実行しようとすると、なかなか難しい。立ち上がってから、席を蹴るのなら、簡単なのだが。まあいい。立ち上がって、窓側の方へ歩いた。ここは五階なので、学校前の大きな通りが見下ろせる。自動車がひっきりなしに往来する。ちょっと窓を開けて、風を入れようか。おっと、鍵が掛かっている。まず金具を外さねばならない。ピリリ。三たびの静電気。今日は随分しつこい。ひとりでしかめっ面を作りながら、窓を下から上へと開く。

外の空気はかなり冷えている。そして、感動も突然やってくる。地平線の彼方、新宿の高層ビルのあたりに、親子の雲が、浮かんでいたのだ。二つの雲なのだけれど、形が似ている。全く相似、ではないところがミソだ。ちょうど親子の顔形くらい似ているのだ。どこへ帰るのだろう。いや、あんなものは水蒸気の塊に過ぎないと思った途端、一陣の風が高速で部屋の中へ吹き込んできた。パッサパッサと音がする。あの目付きの悪い男の方を見ると、舞い上がった計算用紙を慌てて押さえている所だった。目が合う。視線を逸らす。その時、男が誰に似ているのかを思い出したのだった。

あれは三ヵ月程前、悪い友人に連れられて、初めてストリップ小屋へ行った時のことだった。どう贔屓目に見ても二十歳過ぎのオバンの「ロリータ・ショー」が終わった後、いかにも元プロレスラーといった感じの男が登場し、おもむろに舞台に布団を敷き始めた。すると、舞台の両袖で、いつの間にかジャンケンの輪ができており、最後には舞台の右袖での勝者、左袖での勝者が決戦のジャンケンを行い、その勝者が舞台に上がってきた。その上がってきた男の顔、細くてやや吊り上がった目に、銀縁の眼鏡を掛けた、飢えた狐のような男、その男の顔に、眼前のコンピュータ学生の顔は、似ていたのだ。もちろん違っているところもある。ストリップ小屋の男は、額に傷痕があった。眼前の学生にはない。だから別人であることは間違いない。が、そんなことはどうでもよい。彼は私が窓を開けて突風を招来する主要因を作ったことに対してある程度腹を立てている様子である。謝った方がよいかもしれない。

「すみません」

「いや」彼は不機嫌さを隠さずにそういうと、再びモニターの画面に見入っている。

私は窓を閉めた。

席に戻ると、画面が変わっている。

入力して下さい
ユーザーID
パスワード
グループID

入力する。

入力して下さい
ユーザーID　Ｌ３８９４
パスワード
グループID　Ｌ３００１
以上でよろしいですか？　Y or N

Yを押す。パスワードはＫＩＷＩ３８なのだが、秘密保持のため、入力しても表示されない。
画面が変わる。

教育用メニュー

１　ＭＳ－ＤＯＳの利用
２　ＵＴＳの利用
３　ＭＳＰの利用
４　ＭＳ－ＤＯＳヘルプ
５　ライセンスファイルの作成
６　終了

１を押す。

D ＞ QUEEN
日本語ワープロ QUEEN を呼びます

ここでファイルから、SOTSURON を読みこませる。
また少し、時間がかかる。

卒業論文　刹那主義の跳梁について

社会学部　村山　功

昭和四十年代から五十年代にかけてなし遂げられた経済の高度成長により、衣食住にまつわる基本的な需要のみならず、電化製品や自動車なども多くの家庭に行き渡った。その後、新たにサービス業の需要は増えているものの、モノは買い替え需要を除いてはあまり売れなくなり、カネが個人や会社にある程度余るようになってきた。これが昭和六十年代の日本の、主要な経済状況だと思える。日本人が高尚な国民性を持ち合わせているならば、ここで労働時間の短縮による余暇の拡大や芸術・学術の興隆が起こってしかるべきだったと思われるが、結局余剰資金は、少しでも有利な投資を求めて、金融市場に雪崩込むことになった。製造業の一般的な不景気と裏腹の銀行・証券界などの好景気が共存することになる。

金融市場に流れ込む資金量が、実物資産の取引をはるかに上回るようになれば、株価や為替レートなどの指標は、必ずしも現実の経済状況を適切に表したものとは言えなくなる。よって、市場の投機性・ギャンブル性は高まり、目を血眼にした金融戦士が……（中略）

このことは、当然ながら学生の就職状況にも drastic な変化を与えている。経済・法学部のみならず、理工系においても多くの学生が、報酬の高さに引かれてこうしたギャンブルの中に身を投じて行くのも、ある意味では無理のないことかもしれないが、真に人生において超長期的な視点に立って、生き甲斐を追求することとは、程遠いと言わねばなるまい。

（中略）

利那主義は、実は私の好きなヒットチャートにも影響を及ぼしていると、思えてならない。昔のチャートは、演歌でなくても、応援する歌手の曲のランクがじわりじわりと上昇していくのを見ている楽しみがあったが、現在のヒットチャートでは、特にアイドル系の曲は、初登場の週、もしくはその次の週に最高ランクに達してしまい、あとは落ちるだけとなってしまっている。これでは、応援する気も起きない。

（中略）ともあれ、現代文明はエネルギー資源、とりわけ石油を使い過ぎである。こういったからといって、私は原子力を支持しているわけではない。

原子力発電や、あるいは太陽熱発電にも、設備や輸送に驚くほどの石油が必要で、電力の面だけでも石油の代替になりえず、さらにファインポリマーや衣料のような化学物質の面ではなおさらのことである。まずエネルギー消費を減らして、二酸化炭素の発生量を減らすこと、またフロンガス等によるオゾン層の破壊を防ぐこと、こういったことが超長期的な視点にたって地球に必要なことと思われる。人的資源をそちらの方面に投入することこそ

少し疲れた。

今日は終わりにしよう。終了を押すと、画面はメニューに戻る。

2を押して、UTSに入る。

login:l3894
password:
enter your lecture name:l3001
terminal type:
あなた宛のメールが届いています

まずメールを読もう。

メールシステム1―1
from s3382
次回の会合は15日の午後5時です。
お暇なら来て下さい。

映画サークルの後輩からだ。行けるかどうかはまだわからない。返事は書かなくてよいだろう。次は電子掲示板を見てみるか。

電子掲示板
1法学部
2経済学部
3社会学部
4文学部
5理学部
6工学部
7薬学部

3を押す。

社会学部7ー7　from genko
くそっ向井助教授に不可をくらった3年生の皆さん、社会学総論Bをとるのは止めましょう。安易に試験を

受けると、私のように不可をくらい
ます。(ちなみに、滝沢教授の社会
学総論Aは優でした)
留年の危機高し!

詰まらないことを書いているのは、いつも島田ゼミの福本だった。私は失望して、chatにはいってみることにした。chatというのはおしゃべりの意味で、ここに現在誰かが「入って」いれば、その人と自由におしゃべりが楽しめる。

chat
1　t38002 (monchan)
2
3

chatの一番に、monchanが入っている。
monchanとは、二度くらい話したことがあったはずだ。確か工学部計数工学科の四年生だ。

もしかしたら、この部屋にいるあの目つきの悪い男がmonchanかもしれない。だが、他にも電算機室が9室あるので、違うかもしれない。もし彼だとしたら、よくあの顔でmonchanなどという名前をつけたものだ。

以下、コンピューターでの交信は『』とし、通常の会話「」と区別する。

『やあ、monchan久し振りだね。KIWI38です』

『やあKIWI38君、久し振りだね。お元気?』

すぐ返事が戻る。あの男がキーボードを叩いているようだ。やはりあの男がmonchanなのだろうか。

『元気元気。この前話したのは、いつだっけ』

『確か学園祭の頃じゃないかな。だとすると二ヵ月近く前だね』

『そうだったかな。学園祭では、何をやったの?』

『何も』

『何も、やってないの?』

『何も、やってないよ』

『何してたの?』

『何してたのかなあ。よく覚えてないよ。君は、何してたの?』

『何も』

『何も、してないの？』

『何も、してないよ』

『何してたの』

『何してたのかなあ。よく覚えてないよ』

『ああそう』

モニターの画面を見て、愕然とする。ほとんど同じ質問と答えが、双方向に繰り返されている。なんたる創造性の欠如。こんなことではイケナイ。何か話題を作らなくては。『ところで今の政治状況をどう思う？　自民党が三百議席を越して超安定多数を確保している割には、間接税などで野党に譲歩している面もあるし、逆に数を頼んで力の政治がストレートに出ている面もある。あ、それから中曾根から竹下に変わって一体良くなったんだろうか、悪くなったんだろうか』

『僕は技術屋だから、そういった方面は、よくわからないなあ』

『ところでさ、今の日本の経済状況について、どう思う？　モノを作ってるところが不景気で、カネがカネを生むような金融機関ばかりがもうかって、三十代で年収が一千万円の大台に乗ったりして、優秀な学生がどんどんひきつけられてる。彼らが忙しく働いていることは認めるけど、一体何を生み出しているのか、よくわからない。おまけに余剰資金が土地投資に向かったりして、サラリーマンにはマイホームは遠い夢になってしまった。それについて、どう思う？』

『僕は技術屋だから、そういった方面はよくわからないなあ』

『どうして漫画雑誌が数百万部売れる陰で、純文学はさっぱり売れないんだろう？』

『僕は技術屋だから、そういった方面はよくわからないなあ』

三度同じ返事である。私は多少腹を立てた。『君はもしかして、人間じゃないんじゃない？』

リターンキーを押してから、しまった、と思った。この質問はさすがに失礼だろう。

『どうしてそんなことを言うのかな』

『答えが何となく、型にはまっているからさ。それに、チューリング・テストを思い出した』

『ああ、チューリング・テストね』

チューリング・テストとは、人工知能の評価方法の一つで、人工知能の人間に対する返答を聞いた人が、その返答を人工知能のものか人間のものか区別できなくなったら合格とするようなテストだ。今のところ、それに合格した人工知能はないらしい。彼はさすがにチューリング・テストを知っていた。

『人工知能に興味あるかい？』

『あると言えばあるし、ないと言えばない』

『ふうん、無難な答えだね。しかし君が機械だったらおもしろいな。僕の方は人間と話しているつもりなのに、答えているのは機械だなんて』

『何でそういうことを言うのかな』

『それじゃあ君は証明できるかい。君が機械でなく、生身の人間であるということを』

『それなら君は証明できるのか。君が機械でなく、生身の人間であるということを』

さて。

『僕は僕だよ。自分で分かっている』

『それなら、僕も僕だ。自分で分かっている』

『そうか、そうだなあ』

『もうそろそろchatを止めにしようよ。僕はこれから、明日の予習をしなきゃならない』

『なるほど、わかった。じゃあさようなら』

『さようなら』

私はchatを抜けた。ログアウトして、画面がMENUに変わる。

終了の6番を押す。

フロッピーを抜いて、
電源を切ってください。

言われた通りに、フロッピーディスクを外し、電源を切った。ふと見ると、同室の目つきの悪い彼も、ほぼ同時にフロッピーディスクを外し、電源を切ったのがわかった。やはり彼が **monchan** かもしれない。

ディスクやノートやらをしまいながら、ふと外を見ると、鳥が一羽、夕焼け空の中を飛んでいた。

私もあの男も、無言のまますっと帰った。

2

それから三日後、私はまた電算機室にいた。室に入った時、三日前と同じ場所にあの目つきの悪い男が座っていたが、今日はもう一人、北の壁沿いのコンピューターを、髪が腰までも伸びた女学生が素早い指の動きで扱っていた。私は三日前と同じ位置に座ったが、どうにもなかなかやる気が出ない。私は卒論の続きを数行書いただけで投げ出し、ＵＴＳのchatに入った。すると、また、monchanがいた。

『やあmonchan三日振りだね。KIWI38です』

『やあKIWI38君。三日振りだね。お元気？』

『元気ですよ。何か変わったことはあった？』

『別に何も。君の方は？』

『別に何も。すこし卒論を書き進めただけ』

『卒論か。テーマは何？』

『君はあまり興味を持ちそうにないことだけどね』

『ふーん。題は何ていうの』

『刹那主義の跳梁』

『何て読むんだい』

そうか、そうだろうな。数学の教科書にはあまり出てこない字だからな。

『セツナシュギのチョウリョウ、と読む』

『で、どういうこと？』

『簡単に言えば、皆が目先のことばかり考えている、ということさ』

『ふーん。それで』

『それだけ』

『確かにあまり面白そうじゃないね』

『そんなにはっきり言わなくてもいいじゃないか』

『まあ、そうだね』

斜め前の男が monchan かどうかを確かめるには、何を聞けばいいだろう。

『君は、今何してるの』

『何してるって、君と chat で話してるんじゃない』

『今どこにいるの？』

『電算機室だよ』

『第何電算機室？』

『えーと、何番だったかな。覚えていないなあ』

本当に覚えていないのだろうか。とぼけているのではないだろうか。もっとも私もここが第何電算機室だが覚えていないのだが。

『その電算機室には、人が何人いるの？』

『三人』

『何してる、その人達』

眼前の目つきの悪い男は、少し回りを見回した。

『みんな端末の前に座って、キーボードを叩いているようだけど』

かなり疑惑が濃厚になってきたけれど、まだわからない。この時間帯なら、どの電算機室も人は三人くらいだし、回りを見回すなんて動作は、よくあることだ。

『ねえ、君は随分遅くまで勉強しているんだろう』

『ああ、まあね』

『睡眠時間はどのくらい？』

『今日は五時間、いつも五時間くらい』

『じゃあ、眠いんじゃない？』

『正直言って、眠いよ。夕方のこの時間が、一番眠いんだ』

『ああ、そう。眠気を醒ますには、やっぱり伸びをするのが一番だな』

『そうかねえ』

『そうだよ。やってごらん。大きく口をあけて深呼吸しながら、頭の上で腕を組んで、背筋を思い切り伸ばすんだ』

『じゃあ、やってみよう』

目つきの悪い男は、手をキーボードから離し、眼鏡を外すと、その手を組んで頭上に上げ、足も伸ばして大きく伸びをした。その様子をじっと観察している僕と、一瞬だけ目が合った。二人とも慌てて目を逸らす。

やはり彼がmonchanかもしれない。

だが、背伸びなど誰だって、たまにはする。偶然に、目の前の男が背伸びをした。本物のmonchanも今、別の電算機室で背伸びをしているかもしれない。

『やってみたかい』

『ああ、やってみた』

『どうだい、眠気はとれたかい』

『まあ、少しはね』

『あ、何回も繰り返してやらなきゃだめだよ。一回ぽっきりじゃダメだ』

『君も、疲れたんじゃない』

monchanの方からそう打ってきた。

『どうして』

『キーの入力速度が、落ちてきている。さっきは一秒あたり約十二字だったが、今は十字程度だ』

『大して変わってないじゃない』

『そう思うのが文系の思考なんだよ。いいかい、一秒で二字違えば、一分では百二十字、一時間では七千二〇〇字、一日では7200*24=172800字も違うんだよ』

『一日中、キーボードを叩いていられるわけ、ないじゃない』

『とにかく君の指は疲れているよ、指立て伏せをするといい』

『指立て伏せだって？』

『そうだよ。やってごらん』

『指立て伏せって、あの腕立て伏せを、指でやるやつ？』

『ああ』

『そんなことしたら、かえって指が疲れるんじゃないかなあ』

『まあいいから、いいから』

やった、と言って反応を見よう。

『やったよ』

『嘘だ』すぐ返事が戻ってきた。

『どうして、嘘だって、わかるの』

『そんなにすぐに、指立て伏せが終わる筈がない。本当に疲れが取れるんだよ。だまされたと思ってさ』

あの男は、ずっとこちらを見ている。私は手袋を嵌め、タイル張りの床に手をついた。

そして足をゆっくりと後ろへ伸ばし、腕立て伏せの体勢になった。

その時、一心にキーボードを叩いていた女子学生が振り向いた。腰まで伸びた長い髪が大きく揺れる。そして私の方を見て視線を止めた。唇が厚いことを除けば、割りと可愛らしい顔立ちをしている。

「あの、何かお捜しですか」

「あ、いや。何でもないんです。ちょっと、体力をつけなきゃと思って、ははは」笑ったつもりだったが、上手く笑えたかどうか自信がない。顔を歪めただけに見えたかもしれない。

「ああ、そうですか」彼女のアクセントは、やや京都弁に近く、「で」の音が「ど」の音に聞こえる。そして彼女は再びキーボードに向かった。

私は三回だけ、指立て伏せをした。

『ああ、疲れたよ。喉が渇いた。君は喉が渇かないか』

『まあ、少しは渇いてる』

『そうか。ココアでも飲んで乾杯しようじゃないか』

『でも、どうして、ココアなんだい』

『ココアは眠気醒ましにいいだろう』

『そうかな』

『そうだよ。とにかく買ってきたまえよ』

『あ、ああ。うん。』

目つきの悪い男は立ち上がった。そしてこちらを見た。視線がぶつかる。五秒ほどそのまま立っていたが、やがて決意したように、ドアの方へ歩き出した。飲料の自動販売機は一階にある。エレベーターに乗って行かねばなるまい。ドアに触れると、彼はちょっと手を引っ込めた。静電気を感じたらしい。そして小さく「くそっ」と言ってから出ていった。私は彼がある程度離れた頃を見計らって、彼が使っていた端末を、そっと覗きこんだ。

電源が、切られていた。従って、画面からは、何の情報も得られなかった。

端にノートが置いてある。ノートの前面には、monchan と書かれていた。

やっぱり monchan なんだろうか。いや、ノートなど人から貸し借りすることがしょっちゅうあるものだ。現に私自身だって、貸してるノートが三冊、借りてるノートが三冊ある。何の証拠にもならない。

その隣の端末には、「故障」の紙が張ってある。スイッチを入れてみると、確かに何も出てこない。迷惑な奴だ。私は自分の端末の前に戻った。卒論の最後をどうまとめるか、ノートを開いて少し考える振りをする。本当は何も考えていないことは、自分でも分かっている。そして、一つ溜め息をついた。

ドアが開いた。目つきの悪い男が、右手にペーパー・カップを持って入ってきた。彼の歩き方は、よく見ると、すこし不自然である。彼がコンピューターの前に座って、しばらく経った後、メッセージがやって来た。

『ココアを買ってきたよ』

『ああ、ほんとう。時間が思ったよりかかったね』

『自動販売機の前に人が五人位並んでいてね』

その中の一人が本物のmonchanか。いや、そうではない。今、交信してるのがmonchanで、眼前にいるのがmonchanかどうか、それが問題なのだ。

『ココアには飲み方があるんだよ。普通に飲んでも眠気醒ましには効かないよ。まず、最初の一口は、鼻で飲む』

『何だって?』

『鼻で飲むのさ。コップの中に鼻を突っ込んで思い切り吸い上げるのさ』

目つきの悪い男は、私の方に顔を向けた。その顔を見てから、ちょっと酷だったかな、とおもった。彼の鼻は、かなり低い、典型的な団子っ鼻である。

奴は、息を最後まで吐ききると、鼻をココアのカップの中に漬けた。ずずずという音が3秒程続き、彼は顔を上げた。鼻からココアが一筋、静脈からの黒ずんだ出血のように垂れている。それがプリントアウトの紙に落ちそうになり、彼は慌ててティッシュペーパーを取り出して、顔を拭いた。その仕種は、自動車の整備工が、自動車の下から仰向けのまま這い出して来て、顔に付着した廃油を雑巾で拭っている姿を思い起こさせた。

『効いたろう？』

『ああ、ああ、効いた、効いたよ。これでまたデータ解析に専念できそうだ。それじゃあこれで』

突然抜けられた。

私は私で、卒論の続きを書く気も失せてしまい、少し外へ出ようと思った。何となく受けてみたくて、一度でんぐり返しをしてからドアにぶつかった。ガン、と音がした。目つきの悪い男と、髪の長い女子学生がこちらを見た。私はそそくさと外へでた。

廊下に出ると、すぐにエレベーターがある。下行きのボタンを押しては見たものの、エレベーター自体が地下三十二階まで下りていたのでなかなか上がってこない。土地の高騰と日照圏問題で、地下に次々と教室や実験室を増設したのだ。因みに地下八階は地下鉄のホームと直結しているので、移動には便利である。深い方へ行くに連れて、危険な実験をやっているらしい。放射能実験室は地下三十階、神秘医学実験室は地下三十五階にある。

8　7　6　5　4　3　2　1　0　-1　-2　-3

エレベーターがやって来た。観音開きでドアが開く。
中には誰も乗っていなかった。
すかさず「閉」を押す。

一階に着いた。自動販売機のある学生ラウンジに向かう。ここには四台の丸いスチールのテーブルと、テーブルごとに四脚の丸椅子があって、計十六人が座れる。今は五人の学生が、二人と三人に別れて二台のテーブルの周りに座っていた。
自動販売機では、ジュースと、パン、それにカップ麵と教科書を売っている。たまにはカップ麺を食べるのもいいだろう。コインを入れてカップ麺を出し、開けてお湯の蛇口にセットした。時間は三分。カップ麺そのものにストップウォッチがついているので便利になった。時間が過ぎると、ブザーが鳴って教えてくれる。

さて、プラスチックフォークの場所を開けると、なんと生憎切れている。何か代替物を探さねばなるまい。熟考した末、ジュース用のストローを二本、箸代わりに使えばいいと気がついた。それでやってはみたものの、ストローはなかなか弱くてすぐに折れてしまい結局食べ終わるまでに十二本のストローが無駄になった。

他の五人は全く無言で、一言もしゃべらず、そればかりか体をピクリとも動かさないで椅子の上であぐらをかいている。おそらく座禅研究会か何かだろうと、私は一人で納得した。と、動かないように見えた一人の学生の背中が、微かに揺れている。眠り始めているようだ。こんなことではいけない。私は部屋の隅に立て掛けてあったモップをとると、その学生の背中に「喝」をいれた。

「ピシッ」という音が、学生ラウンジに響き渡る。彼は「すみません」というと、背筋を伸ばした。座禅研究会の人間が座禅を組んでいる時に眠ったら、誰でも喝を入れていいというのは、この学校の暗黙の了解事項の一つだった。

廊下に出た。身覚えのある顔が次第に近づいてくる。指導教官の沢口教授が、革靴の踵を履きつぶしながら、前のめりの姿勢で歩いてきた。

「先生、こんにちは」

「あ、村山君。卒論は進んでいるかね」

「あ、それはその、なかなか思うようには」

「まああまり期待してないけど、それなりには頑張ってくれよ。じゃあ」

ペタペタいう音が遠ざかって行くのを見送り、私は電算機室に戻ることにした。


電算機室に戻ってみると、人間は二人ともいなくなっていたが、どこから来たのか猫が一匹、先ほどあの目つきの悪い男がこぼしたココアを舐めている。真っ赤な猫だ。抱き上げてみると、服にベタッと赤い塗料が着いた。ペンキだった。ペンキ屋の親父のいたずらに違いない。私はあわてて猫を持って階段を駆け上がり、六階のシャワールームへ行った。シャワールームには、個室が四部屋ある。ノックをしてみると、最初の一部屋が埋まっている他は空いていた。私は猫を石鹸で洗ってペンキを落とし、ついでにペンキのついた服も洗濯して、上半身は裸で外へ出た。そして電算機室に戻った。

戻ってみると、あの目つきの悪い男も、髪の長い女子学生も、さっきと全く変わらぬ場所で、キーボードを叩いている。私は少し不思議な感覚に捕らわれた。

コンピューターのスイッチを入れる。UTSに入り、chatに入る。
入っているのは、またmonchan一人だった。
『やあ、monchan、君は一体誰なんだい』
『え？　僕はmonchanさ。それだけだよ』
『君は、さっきの赤い猫じゃないのか』
『ああ、そうかもしれない』
『それとも、沢口教授？』
『ああ、私が沢口だ』
『それとも、座禅をしている時に、僕に喝を入れられた学生？』
『ああ、あの時は痛かった』
『それとも、髪の長い女子学生？』
『そうですわ、おほほほほ』
『それとも、僕の知らない誰か？』
『そうだよ。君の知らない誰かだよ』
『それとも、僕自身』
『そうそう。僕は君自身。君の影。君の幻影。君の投射』

詰まらない戯言に付き合ってくれるのは嬉しいが、私の方でもだんだん飽きてきた。

『monchan 歌ってくれないか』

『え、何を?』

目つきの悪い男がこちらを見た。私の方でも負けずに見返す。

『そうだな。クラシックがいいなあ』

『じゃあ二重唱しよう。ね、KIWI38 君』

『分かった。じゃあ君はシューベルトの菩提樹、僕はシューベルトの野ばらにしよう』

『二重唱だったら、同時に始めないと。君の時計は正確かい』

『僕の時計は狂ってる』

『じゃあさ、パソコンの時刻表示でさ。五時二十二分ちょうどになったら始めよう』

monchan の言う通り、私はパソコンに時刻を表示させた。今五時二十一分四十六秒。あ、あと十秒。何だか緊張する。目つきの悪い男が立ち上がった。私も立ち上がる。二秒前。腹式呼吸で、お腹に一杯、息を詰める。

時間が来た。

童は見たり　野中の薔薇　　　　泉に沿いて　茂る菩提樹

清らに咲ける　その色愛でつ　　慕い行きては　美し夢見つ
飽かず眺む　紅匂ふ　　幹には彫りぬ　ゆかし言葉
野中の薔薇　　うれし悲しに　とひしその陰

菩提樹の歌詞がやや余ったことを除けば、完璧なハーモニーだった。あまり完璧だったためか、あの女子学生も、まるで狂犬を見るような目で、私と彼の事を、口をポカンと開けながら見ていた。

これでまた、あの男が monchan である可能性は高まったが、それでもまだ完全とは言えない。コンピューターに疲れるとシューベルトを歌い出すなんてことは、頻繁にあることだからだ。

ドアが突然開いて、よくハーモニカを吹いている助手の女性がはいってきた。

「すみません。今日は電算機室は五時で終了させて頂きます。あのそろそろ終わる準備をしておいて下さい」

「は〜い」三人のこえが、マイナーコードではもった。

『ねえ、KIWI38 君、知ってるかい。あの人の秘密』

『あの人って』

『助手の人だよ。一回電算機準備室に入ったら、あの助手と沢口教授が抱き合ってた』

『えっ。それで君はどうしたの』

『どうもしない。ただ借りようとおもっていたＬＩＳＰの本を拝借してきただけ。見て見ぬふりをしたよ』

『そうか、そうだろうね。君の行動は正しいよ』

『もちろん。正しいよ』

『ただ、正しいからって、本当に正しいかどうかは、良く分からないんだよね。結局共同幻想の問題だから』

『そういう話には、あまり興味がないな。僕は理工系だから』

『それじゃあ、そろそろ時間だね』

『ああ、もうそろそろ時間だ。それじゃあ』

monchan と私は chat から抜けた。私は斜め前の目つきの悪い男の方を見た。彼はすぐに目をそらした。そして、私も彼も黙ったまま、帰りの準備をした。室から出る時も、ほぼ同時だったけれど、やはり無言のままだった。エレベーターも一緒に乗ったが、やはり無言のままだった。彼が先に、私が押そうと思っていた地下八階のボタンを押した。

扉が開く。

地下鉄の雑踏が、巨大な人いきれの匂いが、いつものことながらわっと押し寄せてきた。彼も私も、ズボンの後ろのポケットから定期券を出し、改札を通った。彼は緑の電車の来るホームへ、私はオレンジの電車の来るホームへと急ぎ、そしてあの目つきの悪い男の姿は、人波に紛れて見えなくなった。

若き証券マンの長広舌

おう、なんだ久し振りだな。こんなところで会うとは思わなかったよ。今なにやってんの？　文学？　ばかな、やめとけよそんなこと。相変わらずノホホンとした顔してんな。俺は頭が禿げたって？　余計な御世話だよ。で、今暇なのかい？　そうだろうな。見るからにヒマそうだもんな。じゃあ、ちょっと酒でも飲もうよ。金がない？　安い居酒屋なら大丈夫だろ。足りなかったら俺が残りを出してやっから心配すんなよ。「村さ来」でも「つぼ八」でも「王将」でも「ペンギンズ・バー」でも、この辺は何でもあるしな。じゃあ、あそこにしよう。今何やってたんだよ。本屋の帰り？　どうせ詰まらない本を買ったんだろ。しょうがねえなあ、まったく。さ、エレベータに乗るぞ。ふー。狭いなこのエレベータ。今ここで火事が起きたらちょっと怖いな。あ、着いた、四階だ。ほらほら、早く出ろよ。

二人、二人。見ればわかるのになあ。何人様でいらっしゃいますかなんてなあ。ムダだよなあ。うん、座敷の方がいいだろ。座敷にして下さい。あれ、靴箱は？　これか。いいから奥へ行けよ。

ふー。やっと落ち着いた。あ、おしぼりとってくれよ。

もう卒業から三年半だよなあ。どうしてんの？　なに、お前本当に小説家になるつもりなの？　やめとけよ。いい加減に就職したらどうだ。今は求人難だから、俺たちみたいな三流大出でも正社員として採ってくれるよ。その気がしないだと？　大体金がないだろ。アルバイト何やってんの？　コンビニの店員か。面白いか？　そうだよなあ。詰まらないよな。俺もコンビニはよく行くからさ、店員が何やってんのかだいたい知ってるよ。トラックが決まった時間に来てさ、パンとかおにぎりとかお弁当とかを、こんなプラスチックのケースに入れて運んできて、それを棚に並べるとか、雑誌を並べるとか、あと、ＰＯＳのバーコードでピッ、とかやって、お客に金もらって、お釣り出して、それを、週何日？　二日か。それで食べていけんの？　ああ、そうか、深夜は時給も高いし、それにお前は自宅だったな。食費も家賃もいらんもんな。それで細々と食いつないでるのか。チンケな人生だな。

え、俺？　俺はお前も知ってる通り、サラリーマンだよ、サラリーマン。そう、証券会社だよ。景気良かったろうって？　そりゃまあな。暴落が来るまではな。去年のボーナスはかなり多かったよ。

いや、しかし苦労したよ。俺の会社は中小だろ？　知られてないんだよなあ。会社の名前を。小林中村木村証券、て言うんだよ。話したっけ、この由来。そうそう、太陽神戸三井と一緒。最近は協和埼玉銀行っていうのも出来るらしいけど。それと同じ。小林証券っていうのがあって、この設立者が小林秀雄っていうんだよ。え、評論家？　そんなのが居るのか？　別人だろ、別人だよきっと。小林英夫って言語学者もいるって？　そんなこと誰も聞いてないだろ。関係ない関係ない。この小林秀雄っていうのが、作ったのね。それが、不景気で傾いて、中村証券っていうのと合併したわけ。中村証券っていうのは、中村某っていう人が作ったんだけどね。で、合併した最初のうちは、やっぱりいろいろあったらしいんだよ。いろいろって、いろいろあるだろ。小林証券から来たのとさ、中村証券から来たのとさ、派閥というかさ、そういうのって。上の方はね、社長と会長をかわりばんこに出してたそうだけどね。ほぼ対等合併だったから。

あ、注文ね。何にする？　ビールでいいよな？　ビール二本お願いします。銘柄？　銘柄は、何でもいいよ、ビールだったら。

どこまで話したっけ。あ、合併か。それで、ぼつぼつやってたんだけど、木村証券っていう小さいのも吸収して、小林中村木村証券になったわけだ。この木村証券ってのは、木村次郎っていうのが創始者で、割と新しい証券会社だったんだが、安宅産業と一緒でさ、社長が道楽もんで、ツボを集めたりしてたもんだから、どんなツボかは知らないな。そう、壺だよ壺。土地の坪の方だったらよかったんだよね。ギリシアの壺のコレクションか何かをしてて、会社の経営の方をおろそかにしている間に、重役の背任とかいろいろあって、それでうちに身売りすることになったわけだ。本当は別に名前も加えることはなかったんだが、名前だけは残したいなんて泣きつかれて、こんな長い名前になったわけだよ。

おい、つまみだってさ。どうする。肉ジャガ？　肉ジャガねえ。まあそれもいいか。お姉さん、何がおいしいの？　刺身か、刺身ねえ。じゃあねえ、イカ刺しを二人前。それから、肉ジャガ、それから煮込みね。あと、焼き鳥を、そうそう、タレの方、焼き鳥を六本、つくねを四本、そのくらいでいいや。

あ、でもなあ、ラジオスポットを流してるんだぞ。テレビコマーシャルはねえよ。ラジオ、ラジオのね、早朝番組か何かだよ。聞いたことない？　こういうんだよ。『もうかりまっか』『もうかりまっせ』『そら、よろしおまんな』『ええ、もう。小林中村木村証券のおかげさんで、はっはっは、はっはっは』というんだよ。何だよ笑うなよ。クサイって？　仕方ねえだろ。ただ制作費は安く上がったそうだぞ。売れない声優を二人使っただけだからね。

仕事？　仕事はきついよ。ノルマもあるしね。月に一日休めればいい方だよ。休めない月もある、もちろん。

まずさ、入社すると、名刺を渡されるんだよね、会社で用意した名刺をね。どさっと渡されて、それを最初の一ヵ月で全部交換してこい、と言われるんだよ。営業は、アポを取ってから行くこともあるけど、大体飛び込みだね。アポって、ジャイアント馬場じゃねえよ。アポイントメントの略だよ。こんなことも知らない奴と一緒の大学行ってたなんて考えると、オレも頭痛くなるよ。え、だから誰なんだよその小林秀雄ってえのは。知らないよ。でもそんなの知らなくて困ったことはないぞ。大体ね、証券会社の客との話題ってえのは、まずプロ野球ね、これを知らなくちゃ話にならない。お前ひょっとして、十二球団言えないんじゃないだろうね。しょうがない奴だな。あと、まあ経済も少しはいる。へえって、そんな偉いもんじゃないんだよ。日経を流し読みしてさ、知ったかぶりをすればいいんだ。日経もこの頃はあこぎな商売してるがな。日経金融新聞ていう、訳のわからない新しい新聞を作って、沢山置いていくが、あまり読む奴はいないね。それより、ただの日経の方がいいよ。公定歩合が上がったの下がったの、アメリカの金利が上がったの下がったのって、頭に入れる。金利が上がれば株は下がるし、金利が下がれば株は上がる、一般的にね。え、逆かと思ったって？　どうして？　景気がよければ株も金利も上がるというのか？　はあ、なるほど。いや、もうどうでもいいよ。お前には経済なんかこれっぽっちも分かってないんだからさ。

あ、ビールが来たぞ。ビールもこの頃種類が多いねえ。スーパードライでアサヒが差をつけた思ったら、キリンが一番絞りで対抗する。サントリーはモルツに力を入れ、サッポロは北海道か。もっとも俺は、全部同じ味にしか思えんが。まあ、一杯やれ。とっとっと。俺にも注いでくれよ。はい、もういいもういい。それじゃあ、日本経済のために、カンパーイ。

日本文学のためにだって？　そんなものあったの？　ゴクン。そんな怒ったような顔をするなよ。オレも昔、一冊だけ読んだぜ。あの、ノーベル賞のさ、川端康成って言ったよな、『雪国』。トンネルを越えたら雪国だったたっていうやつ。何が面白いんだよ、あんなの。最後まで読んだけど、オレにはさっぱりだったよ。お前もあんなの書いてるのか？　ふーん。

話の続きか？　どこまで話したっけ？　名刺のところか。名刺をどさっと渡されてさ、最初の一ヵ月で全部交換してこい、と言われるんだよ。ここまでは言ったか。それでな、いろいろな所を回るわけだ。うん、会社もあれば個人もある。どっちかっつうと、やっぱり企業の方がやりやすいかな、いや、そんなことないな、どっちもどっちだ、うん。

営業のやり方？　そうだなあ、別に決まった方法はないんだよ。でも、まあ、大体はパターンになってるかな。まずね、声が大きくなくちゃいけないね。元気がよくなくちゃ。その点はおれは自信あんだよ。お前はだめだな。そんなボソボソとしたしゃべりじゃな。それからね、姿勢も大事だね。こう、背筋をピンと伸ばしてね、そう、こう。ちょっとやってごらん。うん、うん、もっとまっすぐならない？　ああ、まあそんなところか。ピンと伸ばしてね。それから、あいさつも大事。こうして、ドアをノックする、あるいはベルを押す、相手が出るだろ。その時に、名刺をこう出して、あ、一枚やるよ。腐るほど持ってるから。お前は名刺ないの？　ないだろうなあ。住所は変わってない？　じゃあいいや。こうして、名刺を出す。

それから、まあ大体は『私、この度この地区の担当となりました、小林中村木村証券の中橋次郎でございます。一つ、よろしくお願い致します』と言って頭を下げる。この時に、反応が悪かったら、大体はダメだね。怒る人もいるんだよね、いやんなっちゃうよ。こんな怖い顔してさ『ばかやろう、俺は株屋はでえきらいだ、とっとと帰りやがれ』とかね。少ないけどね、こんなに怒ることは。でもこういうおやじがさ、実は最近株で損しただけで、実は大の株好きなんてこともあるから油断はできないんだけどね。

あ、焼き鳥が来た。どれどれ、ん？　あまりいい肉を使ってないな、こりゃ。

お前の話も聞かせてくれよ。俺にばかりしゃべらしてないで。ほうほう、ほうほう。ほう。ほうほう。へえ、なるほどね。ほうほう。ほうほう。ふうん。で、結局原稿はできなかったわけか。ははあ、お前らしいよ。

俺のお得意さんにもね、作家がいるよ。そうだな、名前は挙げないでおくか。今わりと売れてるらしいんだよね。金を持ってるよ。ばか、純文学じゃないよ、ミステリーだよ。トラベルミステリーとか、いろいろ書いてるそうだよ。俺は読んだことないんだけどね。

その人の所に行くと、やたら人の悪口を言うんだよね。こっちは仕事だからはいはいと聞いてるけど、すごいこと言うよ。××なんか文章になってない、とか、○○のトリックは実現不可能だとか、△△の新作は俺の盗作だ、とかね。

あ、肉じゃが。やっぱり冬は肉じゃがだ。

え、小説のネタになりそうな話？　そうだなあ。暴力小説のネタならたくさんあるぞ。うちの上司はすごいからね。殴る蹴るは当たり前。俺？　俺はやられないよ。だてに空手やってないからね。うん、本当は大したことないんだけど、入社の時にみんなの前で、『私は空手五段です。ちなみに柔道も黒帯、合気道もやってます。もしみなさんがやくざか何かにつきまとわれたら、いつでもお助けいたします』って自己紹介したんだよ。ハッタリで。俺は恰幅も良いだろ？　だから信じちゃったんだな。それで俺だけは殴られないで済んでるんだよ。

その上司はね、大学出てないの。高卒だって自分では言ってるけど、高校も出てないんじゃないか、って噂もある。でもね、仕事はすごいよ。営業の鬼として出世してきたわけだからね。自分でも顧客回りを、朝早くから夜遅くまで、あの人日曜も祝日もおそらく休んでないだろうね、一日も。飲むのもすごい。毎回お得意さんと飲みにいく。俺も何回か一緒にバーやキャバレーに行ったんだが、いくら飲んでも顔色一つ変えないね。ああいう人がいるんだね、世の中には。

よくその課長のいけにえになったのが、一流、いや一流じゃないか、二流かな。六大学の切れっ端の大学を出てきた志賀という奴なんだが、銀縁の眼鏡をかけてさ、自分じゃインテリのつもりで屁理屈をこねるもんだからね、しょっちゅう殴られてたよ。だってさ、結局俺たちの仕事ってのはさ、株を売ればいいんだよ。理屈も何もありゃしない。全部、上の方が決めた株を、売ればいいんだよね。理屈じゃないんだよ。そりゃ客に損をさせることもあるよ。そんなの仕方がないんだよ。株なんだからさ。だって、ギャンブルで負けたからって、カジノに責任はないだろ。それと一緒だよ。勧められたって、最終的な責任はやっぱり客が負ってくんなきゃ困る。

そりゃあねえ、俺たちも全く無実とは言えないけどね。それでおまんま食ってるんだから仕方ないよ。

課長の暴力はひどいね。うん、怖くなる時もある。いつも竹刀を持っててね。頭をバチン、背中をバチン、ノルマを達成できないとね。他にも灰皿投げつけるわ、机は倒すわ、そりゃもう、大変なもんですよ。刑務所並みだとか、監獄以上だとか言うやつもいる。そういう所を見てきたわけもないのに。ああ、志賀は一回、鼓膜が破れたとかで入院しちゃうし。いや、本当だよ、本当。その直後に志賀は辞めた。それから？　知らないな。連絡もしないし。あんまり親しくなかったからね。そうやって音信が途絶えちゃうって言うのは、結構あるよ。そういうのに一々かかわってられないくらい、忙しいしね。まあどっかの会社に勤めてんじゃないの。怪我してても勤まるようなラクな所に。あれ、そんなとこはないかな。

志賀の前にもほとんど半殺しの目に遭った人がいるらしいんだよ。俺が入社する直前に。そいつは何でも、肋骨をほとんど折られた上に、鎖骨と骨盤までやられてね。いまでも入院してるらしい。営業に行って、十日かな、そのくらい一件も注文を取れなかったら、課長が本気で怒ってさ。これは先輩からこっそり聞いたんだけど。

あれ、営業の話はしたっけ。飛び込みで行くんだが、ひどいところに飛び込んだ時もあるよ。それがね、AVだよ、AV。アダルトビデオの撮影スタジオに飛び込んじまったことがあるんだよ。撮影何とか、何とか映像かな、そんなような表札が出てたんだけど、多少は金持ってるだろうと思って、深く考えずに飛び込んだんだよ。それで名刺を出したんだけどさ、中から妙な喘ぎ声が聞こえるんだよね。で、よく見たら、女の裸の足だけついたての向こうからのぞいてる。つまり裸は見えなかったんだけど、ああいう仕事も真っ昼間からやってるんだねえ。夜かと思ってた。

家や事務所の造りが立派かどうかっていうのは、あまり金を持っているかどうかの目安にならないよ。あれ、これ話したっけ。大きな家に住んでさ、ベンツか何かに乗ってる家に入ったんだよね。それで、奥さんが中に入れてくれて、いろいろ通帳とかも見せてくれたんだけど、貯金はほとんどなくて、ローンの借金の方が多いんだよ。それで、一しきり見たらさ、『絶対もうかる株があったら教えてください』って言われた。やっぱり家計が苦しいらしいんだよ。しかしこっちとしては、絶対もうかるとは言えないね。株に変動はつきものだから。『まず間違いないでしょう』とか『大船に乗った気持ちでいて下さい』とか、適当なことを言って、ノルマの課せられた株をはめこんで行く、そうそう、はめこむって言うんだよ、客に売りつけることをね。

最近わりとさ、多いじゃない、証券会社の社員がさ、客の金を預かって、自分で売買していたとか、自分のためにやってたとか、自分の損失を客にかぶせたとか、あんなの大体みんなやってんだよ。つかまるのは、氷山の、何だっけ、一角？　そう、それそれ。氷山の一角だよ。だってさ、俺たちは手数料で稼いでるんだぜ。客が頻繁に売買してくれないと、もうからないんだよ。

あ、これでもう注文は終わりだっけ。はいはい、何かつまみを頼もうか。あっ、おもしろいものがあるな。ナマコ、ナマコ。食ってみようぜ。俺食ったことないんだよ。じゃあ、ナマコと、サラダ、それからお茶漬を下さい。

女の子とか、どうしてるんだろうな。ほら、俺たちの語学のクラスにも、何人か女の子がいたじゃないか。もう連絡もないけど、そろそろ結婚してるかもしれないな。例えばさ、白井とか。覚えてないの？　白井弘子。あの色が黒い子だよ、名前に似合わず。でも顔はちょっとかわいかったんだよね。ぽちゃっとしてさ。よく一人で海外に行ってたじゃない、きついアルバイトしてはさ。アメリカに行って、ヨーロッパに行って、中国にもインドにも行ったって言ってたな。オーストラリアにも。アフリカ？　アフリカは行ってないと思う。でもほとんど五大陸制覇だよ。それに、自分で稼いだ金だからね。あの子の家は確か母子家庭で、裕福じゃないと思う。知ってんだよ、あの子が工事現場でバイトしてたの。いや、工事してたわけじゃない、さすがに。あの、現場の交通整理っつうか。あるじゃない、ほら、光った棒を振り回してさ、車を誘導すんの、工事中じゃない方の車線へ。俺がたまたま、ドライブしてたらさ。ちょうどそこに通りかかって、よっぽど声をかけようかと思ったんだけど、結局すうっと通りすぎちゃったんだよ、その時は。ああ、がんばってるな、と思った。だってさ、いくらそういう3K、え？　3Kを知らないのか、きつい、汚ない、ええともう一つ、苦しいかな、そういう仕事のことを、頭文字をとって3Kって言うんだよ。だからそういうね、仕事の給料がいいからって、キャバレーのホステスにでもなればもっと稼げるんだぜ。それをねえ。就職？　ああ、就職した筈だよ。ええと、何かね、食品関係だと思ったな。パンかな。それとも、ちょっと思い出せないな。

へえ、栗原みどりは結婚したのか。本当か？　お前、どうしてそんなこと知ってんの？　何だ、山本から聞いたのか。いつの話だよ。ほお、最近なんだな。相手は、どんな奴？　おいそれじゃあ栗原みどりと年が随分違うじゃないか。遺産目当てか？　しかし、そんな重役を一体どうやってたぶらかしたんだろうなあ。だって、相手は初婚じゃないだろ。奥さんもいたんじゃないか。知らない？　知らないか。へえ。やるねえ。ところで山本はどうしてんの？　あいつは確か、信用金庫だったよな。ふーん、つまんねえな。順調なのか。

小泉真知子はどうしたかな。あのだまーっていつも授業を受けてた、無口な。今だから言うが、あの子をデートに誘ったことがあるんだよ。映画に行って、それから喫茶店に入ったんだ、映画の名前？　全然覚えてない。中身？　中身も覚えてない。何しろ寝てたから。それで、喫茶店で話をしようとしたんだけど、ハイかイイエばかりで、全然話が進まない。あれは参ったな。顔はなかなかかわいいんだけどね。あの子は、お見合いで結婚しそうだな。

あと一人、ええと、元スケバンみたいな、お前、覚えてない？　茶色い髪の毛で、よくロンドンブーツ履いててさ、赤いマニキュア塗って、授業中も足組んでたやつ、ロックバンドのベース、待てよキーボードかな、やってた、そう、そう、それ、それ、武田、武田利香。アイツも就職したんだよな、どこかの地味な会社だよ。やってけるのかね、あの言葉遣いで。オレ、だもんな、自分のことを言うのに。よく面接でボロが出なかったと思うよ。それともああいうのに限って、裏表がはっきりしてて、とりつくろうのがうまいのかもしれんね。いや、危ないな。コピーなんかめちゃくちゃに取りそうだし、お茶もまともに淹れるとは思えん。気をつけろよ。お前なんかぼうっとしてるから。

おい、もっと飲めよ。さっきから俺ばっかり飲んでるじゃないか。ほら、いいからグラスを出せって。

最近は、何か、いい音楽でもある？　中島みゆき？　お前昔からファンだったもんな。まだ足を洗ってないのか。他には、岡村孝子なんかも好きなんじゃないの。そうか、やっぱりね。俺は今でも、アイドル路線バリバリだよ。うそうそ、最近はアイドルもさっぱりで、全然名前も分からない。宮沢りえとか、後藤久美子くらいなら知ってるけど、あとウィンクか、大ヒットを出すアイドル歌手がいないね。どうしたんだろうな、一体。武田利香みたいのが、ロックをやるんだから、ロック系に行っちまったのかな、プリプリとかそういう女の子バンドの方に。

昔はよく、ほら、俺たちが小学生とか中学生のころだよ、テレビやラジオでベストテン番組をやってたじゃない。ベストテンとかトップテンとか、全日本歌謡選抜とかさ。ああいうの、何でなくなっちゃったんだろうね。ラジオなんか、十ぐらいベストテン番組があったよ。高島忠夫のとか、作曲家の森田公一のとか、宮川泰のとか。そうか、お前も好きだったのか。俺も好きでね。よく、ほら、グラフ、折れ線グラフにしてね、学校で友達と予想したりしてたよ。特にベストテンはさ、順位だけじゃなくて一曲一曲に四ケタの得点がついてたんだよね。レコード売り上げとか有線放送とかラジオの順位とかはがきリクエストとか集計してさ。

順位じゃなくてその得点の方をグラフにすると、高級なことをやっているような気がしたもんだよ。

考えてみれば、あのグラフっていうのは何となく今の株価のグラフにも共通するところがあるね。それも、曲ごとじゃなくて、歌手ごとだろうな。一曲一曲の曲の動きは、大体決まってるんだよね。ほとんどピークは一つだし。アイドル系だとね……

あ、何これ？　ナマコ？　考えてたのと違うな。真っ黒だしな。まずそうだな。でも、注文しちゃったんだからしょうがない。食ってみよう食ってみよう。……。固いな、ナマコってさ、もっと軟らかくてぬるぬるしてるものだと思ってたよ。よく、高校のプールに泳いでたろ。ナマコが。え、お前の高校にはいなかった？　俺の高校にはいたよ。平泳ぎなんかで泳いでると、お腹のあたりをすーっとナマコが這ってくの。もっと軟らかい感触だと思ったけどな。冗談だよ冗談。食ってみな、固いから。な。期待はずれだよ。仕方ない、サラダを食うか。このサラダ、量は多いがキャベツばかりだな。しかも、ほとんどドレッシングがかかってない。これじゃあ、ウサギか、箱の中に飼われてるカブトムシと一緒だよ。

そうそう、話を戻すと、アイドル系だと、大体三週目か四週目でピークを迎える。落ちるのも急だ。ジャニーズ事務所系のだと、何か一週目でもう二位とか一位とかで、あとは落ちるだけなんていうパターンもあったんだよね。あと、おにゃん子系ね。毎週のように、別の歌手がデビューしてきて、最初の一週だけオリコンで一位をとって、あとは落ちるだけっていうの。どうしたんだろう、あのおにゃん子クラブっていうのは。あまり覚えてない？　はーん、そうか。それでさ、演歌なんかだと、じわりじわりと時間をかけて上がっていく。落ちるのもゆっくりゆっくりだ。いわゆるニューミュージックは、その中間だろうなあ。六週目くらいでピークが来て、ストンストンと落ちていく。

いや、それで何の話かと言うと、一曲一曲の動きと、株価の動きというのは、やはり違うんだよね。大体歌謡曲っていうのは、上がって、落ちる、一回落ちるともうまず上がって来ない。そりゃリバイバルもあるよ。でも、大体は一回落ちたらそれきりだ。株価っていうのは、俺もそんな分析は詳しくないが、上がったり下がったりする。下がってもまた上がったり、上がってもまた下がったり、ズルズルと続いていく。ケイ線分析というのがあって、その日の取引の始値と終値、最高値と最安値をグラフにしたものなんだ。トレンド、知ってるか？トレンドという単語？　日本語でいうと「傾向」だが、長期的な動きね、それからサイクル、ぐるぐる回りという奴だ、この二つの動きが複雑に結びついたのが、株価の動きだと、調査部の奴が言ってたよ。だからね、楽曲単位じゃなくて、歌手単位ならば、かなり似てくるところがあるかもしれない。下がっても、また新しい曲で上がってくる。企業もさ、ある事業がダメでも、また別の事業でのしてくることがあるだろ。というよりも、多くの事業を常時抱えているわけだ。それが、利益を出したり、損を出したり、あるいは単なるイメージでも、株価は動いていく。

ふう。動いていくと。

損を出させると、やっぱり気を遣うね。お客にね。俺もさ、見た目ほどタフな神経じゃないからね。ものすごい電話がかかってきたりすると、なんでこんな仕事をしてるのか、って思うよ。『バカヤロー』ってね。

信用取引って言うのを知ってるかい？　信用っていうのは、簡単に言えば、カラ売りやカラ買いって言って、実際に株の売買をしないでも、したつもりになるってことかな。それは、全額を現金で用意する必要がない。少しの現金で、多額の取引ができる。だから、仕手筋、仕手筋も知らんのか？　仕手筋っていうのは、株を使ってギャンブルを張ってる奴らのことだよ。まあ、もちろん、機関投資家にしたって、一般投資家にしたって、ギャンブルと言えないこともないから程度の問題なんだが、仕手筋っていうのは、むしろ積極的に株価を操作しようとする奴らのことなんだよ。例えば、株価を上げようとしても、どんどん買い進む。その時には、さまざまな噂を流したりして、投資家の心理を煽って、さらに株価を上げる。それで、もうこれ以上は上がらないと思ったら、さっと高値で売り抜くというわけだ。

実は俺のお得意さんにも仕手まがいの人はいたよ。これは言っていいのかなあ。ちょっと、頬に傷のある人で、言葉遣いはていねいだけと、ドスが効いてる。高倉健ばり。ただカッコはよくない。太ってて。強いて言えば小沢一郎に似ている。小沢一郎はわりと声が高いけど、こんな低い声でさあ、笑っていても目が笑っていない、っていう奴だよ。

大体信用取引なんだよね。しかもカラ売りが多い。その人がカラ売りするとなると、その後には大体キナ臭い噂がどこからともなく流れてきて、実際に株価が下がるんだよ。バブル経済っていうのはさ、ある面では気分次第という所があるから、つまらない噂みたいなもんでも上下するんだよ。アメリカの政府高官が一言ポロッと何かを言っただけでも、日経平均が大きく動いたりする。その人がある製薬会社の株をカラ売りした途端に、その製薬会社の薬に副作用の恐れがある、なんて話が飛び交うんだよ。建設会社の時には、手抜き工事でそのうちボロが出る、なんて話が回った。どういう人脈で流してるんだが分からないけど、すごいことだと思うよ。

しかし最後は悲惨だったな。信用取引で、思うように株価が動かないと、追い証という金を取りにいかなきゃならない。担保の株の価値が下がってしまうから、もっと担保をよこせ、という訳だ。これがつらいんだよ。相手はただでさえ株価が下がって参ってるのに、さらに金をよこせと言うんだからね。それで奥さんが自殺して、その葬式に出向いて、香典を追い証として取ってきたやつさえいる。

さっきの仕手の親父さんだけど、死んだんだよ。水死体で発見された。あっ、お茶漬けね。これでオーダーは終わりだね。おい、もっと飲もうぜ。今度は日本酒はどうだい。飲めない？　本当に？　変な奴だな。何がいいんだよ。チューハイ？　そんな女子供の飲むようなものを……。わかったわかった、好きにしろよ。どのチューハイがいいんだよ。ハチミツレモンハイ？　恥ずかしい奴。わかったわかった、もう人の好みに文句はつけません。お姉さん、日本酒の熱燗一本と、ハチミツレモンハイ一つ。それから、つまみもとろうよ。何でもいいか？　じゃあね、お好み焼きと、チーズポテトを一つずつね。

スポーツなんかどうだ。お前はスポーツ見ないんだっけ。俺ね、ゴルフを始めたんだよ。一応クラブを揃えたんだが、コースに出る暇などさっぱりないね。たまに練習場で三十分打てるくらいだよ、営業中を抜け出してさ。ああ、テニスもやってたよ。この頃はやってない。かなり腕も落ちたろうな。お前は何もやらないの？　体に悪いだって？　バカ言うな。スポーツをしないのが、体に悪いんだよ。そういうさ、オリンピック選手みたいのは、別だよ。そういう人たちの寿命が短いのは、激しくやり過ぎるからさ。たまには体を動かせよ、体を。スキーもいいぞ。お前みたいなモノグサにはぴったりだよ。何だ、板を履いたこともないのか。俺もね、実は入社後は一回しか行ってない。それも日帰りの強行軍。大学時代の方がよほど行けたな。二年の時なんか、俺は添乗員のバイトして、ひと冬に十回、ゲレンデに行ったことがあるよ。あれで相当うまくなった。高いスキー板とウエアを買ったんだがね、もったいないと言えばもったいない話だ。テニスのラケットもそうだなあ。この前買ったのはまだ二回しか握ってない。とにかく暇がないよ。お前なんか暇があるんだからさ、せっかくの時間をそんな、文学？　そんなもんに費やしてちゃもったいないと思うんだがな。ジョギングなんてどうだ、ジョギング。必要なのはシューズだけ。貧乏なお前にぴったりだよ。ジョギングって、三十分くらい続けると、ランナーズハイっていうのが来て、すっごく気持ちがいいって話だよ。いや、俺はそれだけ走ったことないけど、友達から聞いた、高校時代の友達から。何とかっていう、脳の中の物質が出るんだよ。すこしお腹の脂肪をとった方がいいと思うけどな。

さっきの水死の話？　ミステリーだよ、ミステリー。その親父さんとこにも、追い証を取りにいったのさ。株価がばんばん下がってる時に、その時に限って親父さんはカラ売りしそこねて、多額の評価損を抱えてたんだよ。それで、行ってみたら、事務所には若いアルバイトの女の子しかいなくて、俺みたいな証券会社の営業が何人かいるだけで、連絡もないって言うんだよね。それから数日後だよ。水死体が上がったのは。××川の下流でね、水草に引っかかってたんだ。死因は水死で、特に外傷とか首を絞められた跡とかなかったから、警察は一応自殺でカタをつけたんだが、わからねえよ。だって、暴力団なんかとかなり絡んでいたみたいだし、遺書もないんだからね。遺書があったって無理やり書かされるということがあるから本当に自分の意思かどうか分からないけど、遺書がなければなおさら怪しい、みたいな。

クラッシュの後、今も株価が低迷していて、会社も暗いよ。気分じゃなくて、本当に暗いんだ。客の来るカウンターだけはギンギンに蛍光灯をつけてるが、それ以外の部分はさ、電気を消せ、電話をなるべく使うな、タクシーに乗らずに電車やバスにしろ、歩いて行ければ一番よい、とこうだぜ。タクシーに乗っても経費で落ちないから、客に急いで呼び出された時なんか、自腹でタクシーに乗らなきゃならない。ウチみたいな中小でもさ、景気のいい頃、株価が上り調子だった時には、何をやっても許されるみたいな雰囲気があったんだよ。自分たちだけで飲みにいったりしても、接待費・交際費として落とせるし、会社の電話や文房具は使い放題、いろいろ会社の備品を持って帰ったりしたけど、みんながやってることだから、誰も何にも言わなかった。

あ、ハチミツレモンハイお前だろ。うん、熱燗はこっちこっち。注いでくれよ、トットットット。あっちのテーブルうるせえなあ。学生だろうな、見たところ。合コンか。男が四人に女が四人なんて数を合わせてる。いや、そっちじゃなくて、向こう向こう。お前の左斜め後ろの方。イッキ、イッキなんて言いながら飲んでるよ、ほら。何の苦労もないような顔して、親のスネかじって。腹立つよなあ。ああいう身勝手な学生どもに来て頂かなければならないわけだから、リクルートが、いやあの江副の会社じゃなくて、採用のこと、なかなか難しいよ。去年はね、まだ証券会社の給料が良かったりしたから、人員確保は、目標までは行かないにしても、割りと楽だった。早稲田とか、同志社からも採れたしね。今年はひどいよ。内定だけは採用予定人員の八割くらいに出せたんだけど、辞退が多くて。人事には血の気の多いのが多いから、学生が内定を断りに来ると、茶をぶっかけたり水をぶっかけたりしてたけど、そんなに驚くことか、ノムラなんてカツドンをぶっかけるって言うぞ。それだけならまだしも、その学生が第一志望にしてる会社に電話をかけて、採用しないように圧力かける、っていう話だし。うちは中小だからそんなことはできない。いやね、今年は水もぶっかけられなかったって、言うんだよ。内定を電話で断るのがほとんどで、電話じゃあさ、怒鳴ることはできても、受話器を耳から放されたら何てことはないし。今年はおそらく、早稲田や慶応は残ってないんじゃないかな。同志社や関学もいないと思う。現金なもんだよ。まあ、向こうにしてみたら、一生のことだから、不景気業種はイヤだってことにもなるんだろうが。え、東大？一人もいなんじゃないかな、ウチの社は。京大もいないと思う。役員の一人が確か、阪大なんだけど、一般に国立は少ないね。優等生のお坊ちゃまには務まらない仕事だよ。この頃多いのは、国際武道大学、オイオイ、その葡萄じゃないって、バカ、大学で葡萄を摘むかよ、柔道とか剣道とかの武道だよ。たくましいのが来るぞ。国士館や拓大の体育会系からは、ほとんど定期的に採用してるよ。でも最近は、拓大出でも軟弱なのが増えたね、時代の流れかね。

お好み焼きとチーズポテトが来たぞ。熱いうちに食えよ。お前も熱燗やらんか、一杯くらい付き合えよ。本当に飲めないの？　あ、そう。

最近はね、車でも買おうかと思ってるんだ。いや、俺は特に好みはないんだよ。それなりにカッコイイ車ならね。別に外車である必要はないし、トヨタでも、ニッサンでも。お前免許持ってたっけ。え、ないの？。そんな奴今時天然記念物だよ。今のウチの課なんて、ＯＬ含めてみんな免許は持ってるぞ。それで、最近は車を買うのがはやってるんだよ。同僚が買ってるのはね、スカイラインとかさ、カローラとか、ファミリアとか、そんなやつ。俺はもっといいのが欲しいね。金？　ああ、ローンを組めば、三百万くらいならなんとか都合がつくんじゃないかな。ワーゲンのゴルフなんていいね。違う、カブトムシじゃないよ、もっと、ほら、四角ばったやつだよ。

何で車買うのかって？　決まってんじゃん、デートのためだよ。今車がないと女にもてんぞ。地下鉄に乗ってデートに行くのかね。お前も早く免許くらい取れよ。そりゃあさ、その通りだ、確かに街中はいつも混んでるよ、それは認める。でもな、高速に乗って一時間も走ってごらんよ。その気持ち良さ。

あ、その話か。確かにね、稲村の事件のように、政治家には株屋は頭が上がらないよ。恫喝なんてしょっちゅうだよ。大蔵省もキツイけどね。大蔵省の一番下っ端がウチの社長や会長を電話一本で呼びつける。うちみたいな中小だと直接呼びつけられるのはむしろ少ないかもしれないな。大手や準大手の方が、多く呼びつけられて、アメリカの国債を買えだの何だのと、命令されてるみたいだよ。むしろ日銀の方がまだ紳士的だね。一応は民間企業だから言葉遣いもていねいだ。何で役人ていうのはあんな頭が高いのかね。給料が安いからか。まあ、その面はあるけどな。でもやつらは退職金はめっちゃ高いんだぜ。恩給も高いし。天下りはできるし、なあ、そういう点から考えたら、少しは自粛して欲しいよ。

あ、政治の方か。政治資金の捻出はしょっちゅうやってる、と思うよ。これも俺は直接には絡んでない。まだまだ下っ端だから。絡んでないんだが、政治家用の特殊口座なんて絶対あると思うな。それで、ほら、最上恒産の早坂社長がノムラの社員に騙された事件があったけど、あれもね、実際にそういうものが実体としてあるから、コロッとひっかかったんだと思う。

政治家は株屋を利用する。株屋の方でも、情報で儲けさしてもらうことがある。法律なんかでね、株価が動くことはしょっちゅうだから、そういう情報を早く持てれば、そりゃ有利だよ。特に株価がどんどん上がってた時には、そういう持ちつ持たれつが成立してたんだろうな。でも、ちょっと景気が悪くなると、すぐさま切って捨てられる。ほら、あの投資ジャーナルの中江、中江滋樹だっけ、中江と言えば倉田まり子はどうなったんだろ、あの歌手俺は好きだったんだが、ＨＯＷワンダフルとかね、レコードも持ってるよ、すごいできたらしいんだよ、何がって、勉強がだよ、本当に、長崎県で一番だったとか二番だったとか。どこで道を間違ったのか、あんなひげおやじの愛人になって、すっかり写真週刊誌に叩かれて、あー、それから誠備の加藤嵩、最近は国際興業乗っ取りの、光進の小谷光浩、こんなのもみんな、政治家に利用するだけ利用されて、あとはポイだよ。明電工なんてのもあったな、あの名前は、ええと、江古田じゃなくて、中瀬古か。大体ね、俺ね、議員に不逮捕特権ていうのがあるのがおかしいと思うんだ。何でさ、あんなに威張ってさ、「国会議員に損をさせるのか」何てすごむ奴らが、逮捕されない特権を持ってるなんざ、絶対変だよ。変、これじゃ株屋は浮かばれないよ。

虚業か？　そりゃそうかもしれないよ。でも、じゃあ実業って何だよ。お前の文学は実業なのか、虚業なのか。答えられないだろ。もう、実も虚もないんだよ。と、俺は思うよ。ビルディングを建設会社が作る。立派な実業だ。だが、そのビルの中に入ってるのが、そうだな、例えば証券会社とか銀行、あるいはディスコやキャバレーといった虚業ばかりだったら、本当にそれが実業と言えるのか。虚が実を生み、実が虚を生むんだよ。まあ、バブルは弾けつつあるがね。これは、みんなあの三重野がいけないんだよ。三重野っていうのは、どんどん公定歩合を引き上げた日銀の総裁だよ。株価が下がったのは、まあフセインのせいもあるけど、一番の犯人はあいつだ。

フセインも悪いよ。何で急に紛争を起こすんだ。

うるさいねー、あの学生どもはね。まだ騒いでるよ、お前の左斜め後ろ、能天気な奴らだ。何であんなのと一緒に飲まなきゃならんのか。くそう、俺は働いてるんだぞ。分かってる、分かってるよ、別に怒鳴りこんだりはしないって。

フセインだよ、フセイン。イスラムって、本当何考えてんだか分からねえな。ホメイニだってめちゃくちゃやったし。それでみんなでイラクを応援してたのが、今度はイラクが悪者だ。リビアのカダフィなんて、今どうしてんだろうね。あの怖い顔のおやじ。いつもどっかで戦争やってる。なんかイスラム教ってのは、戦って死ぬと来世が幸せだとか、恐ろしい宗教だそうじゃない。確かテレビで言ってたけど。死ぬのなんか、全然へっちゃらなんだってさ。そういうことなら、もうどんどん死んでほしいよ。どうしてあんなとこに石油が出ちゃったんだろう。石油さえなければ、誰もアラブのことなんて気にかけないのに、石油を使ってるもんだから、頭が上がらない。やだやだ。

でも一回行ってみたいとも思うね。アラブに。見渡す限り砂漠でさ。ロマンチックじゃないか。恋人でも連れてさ。新婚旅行？　結婚はまだだね。栗原みどりは結婚したけど、男はまだだろ、俺たちの年だったら。え、いるの？　結婚したやつ。へえ、高村がね。相手はどんなの？　ほう、年上か。悪いことして、妊娠させて、責任とらされたんじゃないか。高村と言えば、あいつと仲良かった木下、どうしてんの？　あいつの消息もさっぱり知らないんだよ。家業？　家業って何？　印刷業ねえ。宮崎勤みたいだな。木下、ちょっと似てないか。冗談だよ、冗談。印刷業は、今どこでも大変だと思うよ、人手不足で。だいたい外国人労働者を使って急場をしのいでるんじゃないかな。え？　佐藤？　どっちの佐藤？　それじゃあ佐藤和夫の方か、あいつはね、ソフトウエアの会社に入った。プログラマーでもやってるんじゃないかな。卒業して間もない時に、一回会ったよ。今日みたいにばったりと。しかし、俺が言うのもなんだが、あいつは数学のセンスはゼロだぞ。あんなのにプログラムが組めるのか、疑問だな。

うちの女子社員も、もうちっとかわいいのがいたらねえ、職場結婚も考えてもいいんだけどねえ。大手商社や都銀が一番かわいいのをかっさらってった後から採用しなくちゃならないからねえ。そうそう、この頃は女の子でも営業に回すこと、あるよ。キツイと思うな。まあ、完全に同じだけは働いちゃいないけど、やっぱり支店の窓口に座って、ニコニコしてる方がラクはラクだと思うね。しかしただの窓口のＯＬでも、遊ぶ時は遊ぶよ。そういうのが集まってるんじゃないのかな。ボーナスがよくて、ＯＬだったらあまり気兼ねなく遊べるじゃない。酒で金かかることもあまりないしね、男が払ってくれるから。だから、正月ハワイに行くとか、スイスのスキーに行くとか、東南アジアに行くとか、たくさんいるよ。

世の中、最後にモノを言うのは、やっぱ金だよ。金がなけれゃみじめだ。何とかして大金を貯めたいもんだが、なかなか貯まらないな。なぜだろうなあ。やっぱ家賃が大きいね。ばか、アパートじゃねえよ。ワンルームマンションだよ。今の家賃が、月七万。七万持ってかれちまうんだぜ。六畳一間に、バス・トイレはちゃんとついてて、台所もある。でも、六畳一間で七万はないよ。これじゃあ金は貯まらん。株にも随分注ぎこんだが、今の低迷でかなりやられてるな、怖いからきちんと計算してないけど。特に痛いのが自社株だよ。上司に買え買えって勧められるから仕方なく買ったが、一番下がってるよ、小林中村木村証券の株が。

しかし六畳一間でも、俺の部屋はリッチだぜ。最高級ステレオがバーン、大型の29型テレビがドーン、ベッドがあって、ヴィデオ？　もちろんあるよ。ＶＨＳとベータと両方。ベータはもうあんまり、レンタルビデオ屋にないけど、ベータのある店では、あまり借り出されてなくて、人気のあるビデオでも待たずにすむ、っていうメリットもあるんよ。クーラー？もちろんある。セントラルヒーティングもある。そうそう、こないだファクシミリを入れた。いや、会社から緊急の連絡がファックスで来ることもあるからね。ポケベルも持たされてるよ。ほら、これ。見たことないだろう。これがピーピーと鳴るんだよ、ピーピーピーと。悪魔のささやきだな。冷蔵庫？　もちろんあるよ。この暑い日本の夏で、冷蔵庫がなかったら何でも腐っちまうよ。うん、洗濯機も買った、掃除機も買った。あ、聞いてくれよ、餅つき機も買っちゃったんだよ、何となく餅がつきたくなってね。あれ、餅つくとこ、見てると面白いんだよ。いや、別に杵がついてるわけじゃない。洗濯機に似てるかな、ぐるぐる回るんだけど、下にプラスチックの羽根みたいのがついてて、それがふかしたもち米をこねるわけ。十分くらいでね、おもちになるんだよ。不思議だよ、あれは。それでも、二回しか使ってないんだけどね。

本棚？　一応くくりつけにはなってるよ。でも、ほとんど埋まってないねえ。俺は本読まんから。強いて言えば、雑誌がある。ホットドッグプレスとか、メンズノンノとか、ポパイとか。単行本？　単行本はね、大前研一の本は買わされたな、会社で。それから、辞書は持ってるよ、一応。そんなものかな。

本と言えば、教授連中は何してんのかな。まだあの退屈な講義を続けてんのかねえ。英語の、今にも死にそうな室井とか、室井っていたじゃないか、四十過ぎの助教授でさ、男なのに髪が異様に長くて、目がトロンとしてて、鼻が高くて唇が薄い、顔色の悪い、覚えてない？　中世の物を読まされたじゃないか。異常に休講が多くてさ、半分くらいは休みだったんじゃないか。俺にとっちゃ都合がよかったけど、そうそう、分かったろ。あんなの、ねえ、まだ生きてるのかねえ。それから、政治学の岩瀬、『どうせみなさんには分からないでしょうねえ』が口癖の、岩瀬とかさ、岩瀬って、奥さんがソ連人なんだってよ。本当だよ、本当。岩瀬のゼミをとってた並木が言ってたんだから、間違いない。珍しいよな。経営学の藤田とか、お前経営学とってないんだっけ。なんだ、取ればよかったのに。唯一面白かったよ。はあ、裏で歴史をやってたのか。いや、歴史よりためになったと思うね。藤田虎蔵著『経営学概論』は、まだ持ってるよ。オレ、まねできるんだ。声がね、裏返るんだよ高い方で、「サテ、コノ場合ニ利益ヲ最大化スル方法ハ、売リ上ゲヲ、コノヨウナ式ニ表シテ、費用ヲ、固定費用ト変動費用ヲ合ワセテ式ニ表シテデスネ、前者カラ後者ヲ引ケバヨロシイ、ソレヲ最大化スルノハ、ソノ式ヲ微分シテ……」似てるだろ、あ、お前知らないんだっけ、似てるんだよ、こういうしゃべり方なんだ。

いや、世の中金だよ、金。フセイン戦争する気かなあ。戦争になったら、株価が下がるだろうな。日経平均が、二万を割るかもしれない。え、今？ 今はね、二万四千ぐらいの所を上下してるんだよ。去年、おととしか、年末には最高値の三万八千まで行ったのに、何だか信じられないね。戦争は起きて欲しくないよ、株価が下がるから。別に平和だの戦争だのはどうでもいいけど、株価が下がると俺の生活が困る。

おい、ラストオーダーだってよ。デザート、デザートねえ。アイスクリームがあるよ。種類は、バニラとチョコとストロベリー、それにヨーグルト。チョコにする？　じゃあね、チョコアイスとストロベリーアイスを一つずつ、それで結構です。

ああ、疲れがとれないよ。この頃は俺も、栄養ドリンクっていうのか、しょっちゅう飲んでるよ。リゲインとかさ。効くかって？　よくわからん。病は気からって言うし、効くと思って飲むと何となく効きそうな気がするから不思議だよ。ある意味では、得な商売だね、あんなのも。

アイスクリームだ。少ないな。玉一つか。

世の中金だよ。共産主義国もさ、ポーランドも東ドイツも、それからあのチャウシェスクのとこ、どこだっけ、みんな資本主義になる。結局、ものを言うのは金なんだよ。金があれば、なんでも買えるぜ。買えないものなんてないよ。愛情だって、快楽だって、自由だって、それから物はもちろん、サービスも、情報も、みんなお金で動くんだよ。きれいごと言っても始まらない。お前は金融を批判するかもしれないが、金融っていうのが、一番そういう欲望の最先端だし、正直なとこなんだよ。

お前何か、大切なものあるの？　時間か。時間ねえ。なるほど。でもさ、時間も金で買えるよ。だって、たくさん金があれば、時間を売る必要はないもの。それも、結局は、金だよ金。まさか芸術なんて言い出さないだろうね。芸術だって、いいものはみんないい値段がつく。ゴッホのひまわりを見ろよ、何億だっけ。他にもさ、すごいだろ。みんな金だ、金だよ。お前もウチの社で働かんか。いつでも人手不足だから。まあ、そう言わずに、気が向いたらいつでも連絡してくれ。

え、時間？　この店、二時間で交代なの？　しょうがねえなあ。お勘定計算して下さい。これ、お前のジャンパー。よく見れば汚いジャンパーだね。背広持ってんの？　持ってない。一枚も。ほう、徹底してるな。

あ、勘定はこっちこっち。そうだな、千円だけ出してくれ。残りは俺が払っとくよ。いいから、いいから。いくら景気がよくないからって、こっちはちゃんと働いてるんだからお前が心配すんなよ。その代わりベストセラー作家になったら、俺のところで株を買ってくれよ。そんなんじゃないって？　ふくれ面をすんなよ。もう一軒いこ、もう一軒。あ、はい、これお勘定ね。うん、また来るから。ほら、もう一軒行こうぜ。やだ？　何で？　原稿？　そんなものいつでも書けんだろ、いつでも。折角会ったんじゃねえか。

何だい、本当に帰るの？　電話くれよ、電話。いないことが多いけど、留守電に何でも好きなことを入れてくれ。また飲もう。

ああ、わかった。それじゃあ、またな。頑張れよ、おい。

じゃあ、また。

誰もわたしを、ほめてくれない

1　小坂清、三十歳の独白。

わたしはまっすぐ歩けているのだろうか。

少し頭が痛い。

薄暗い闇の中に、街頭の蛍光灯が、ボーッと赤く光って見える。おそらく最近掘り返したのだろう、アスファルトの道路には、薄い灰青色の中に一本、紺色のやや盛り上がった筋が、まっすぐに伸びている。

そんな中を、私のすり減った革靴が、コツンコツンと音を立てながら進んでいく。私の靴の寿命は、約三ヵ月である。もちろん靴代を必要経費で落とすことはできない。

家まではあと、二〇〇メートルくらいか。

駅のトイレに入っておけばよかった。ついつい汚いと思って、無意識のうちに避けているのだが、よく考えてみれば、最近は鉄道会社もトイレの浄化に力を入れている。確か、先週の週刊誌にそう書いてあった。

ここで立ちションするか。

いや、いけない。もし警官に見つかったらどうする。軽犯罪法違反だ。わたしがこれまで築いてきたものが、すべて、いや、ほとんど九割、パーになる。
しかし……。
わたしが尿意を我慢して家に辿りついても、
誰も、わたしを、ほめて、くれない。

今日も一日つまらぬ日だった。

朝の八時に会社に着き、朝礼とミーティングが終わると、代理店を一軒一軒廻って、営業にハッパをかける。ガソリンスタンドのおやじや、自動車修理工場のあんちゃんが、

「あ、首都さんね」と言うのはいい方で、

「何だ、誰だっけ」とか、

「よう、この不景気な顔して」とか、気安く声をかけてくる。気分のよい時はそれも全く構わないのだけれど、こっちが上司に叱られた後だったりすると、何でこんな奴らに愛想笑いを振りまいて頭を下げなければならないのかと、むかついてくる。

名前を覚えられても、「やあ、小坂さん」などと言ってくれるならよいが、呼び捨ては当たり前、果ては「コサボウ」「キヨシ」などと言う。そうえば、私の名前を「ショウサカ」と読んだおやじもいた。そんな重箱読みの名前は存在する訳がない。

スローガン「朝駆け一軒、夜討ちで一軒、昼飯抜いてまた一軒」。

冗談じゃない。

こんなにへとへとになって、ノルマを果たしたって、誰も褒めてくれない。ノルマは果たして当たり前。もし、ノルマが果たせないと、上司は怒鳴る。会社の壁には大きな赤の棒グラフが張ってある。縦軸は販売高、横軸は営業社員の名前である。誰がどれだけ売り上げたのか、一目瞭然である。ノルマを達成できなければ、社内での居心地は非常に悪い。仕方がないから、自分で金を払ってでも売上を偽造する。

いわゆる「自爆」って奴だ。

自爆の標準額は、年間約六十万円という。ちょっとした財産じゃないか。

中学校の数学教師の父に、私はほとんどほめられた覚えがない。勉強はかなりできる方だったのに、父はそれを当たり前のように受け取った。もちろん、父も秀才だったのだろうが、父の出身は師範学校である。東大に入るほどはできなかったに違いない。父は、自分の受験時代のことは、一度も口に出さない。私も聞かない。

だが、非常に秀才だったならば、東大に行った筈だし、中学の教師よりは高校の教師をしているだろうし、大学院に行って大学教授になる道もあった筈だ。だから、それほどの秀才だったわけではあるまいに。

なのに、私を褒めてくれたことがない。

母の方は、時々は、褒めてくれた。

そうそう、中学校で試験の成績が、クラスで一番になった時は、喜んでくれたな、とても。

でも、それ以来、褒めてくれたことなんて、あったろうか。

それから、地元で一番の進学校に入った時にも、父は落ち着き払っていたし、母も当然のような顔をしていた。

それからも、まじめに勉強したのに、高校ではあまりいい成績はとれなかった。私は両親にあまり成績など見せないようになった。父も母も、見せろとは言わなかった。

東大に落ちた時も、両親は平然としていた。あそこでもう少し悔しがってくれたら、私は浪人してもう一度受けようかと思っていたのだが。

結局すべり止めだった慶応の経済に入った。

父は一言「高い学費だな」と文句を言った。

慶応の経済っていうのは、何とも言えない所だったな。洗練されている内部進学者と、私のように田舎から出てきた秀才とが入り混じっていた。合コンも何度かしたが、平凡な顔つきに野暮なファッションセンスの私を、見初めてくれる女の子などいなかった。初めはくやしくて、それなりに努力もした。ファッション雑誌を毎月買った。だが、欲しい服があっても、アルバイト代ではなかなか買えない。結局カッコイイ服装ができるのは、内部進学者の金持ちばかりだった。したがって、そういう競争はすぐに諦めて、大学でよい成績を残す方に力を入れた。

これは、思ったほど難しいことではなかった。大学での試験に力を入れてるのは女の子くらいで、大半の野郎どもは遊びにうつつを抜かしているのだった。

一年から、成績表はほとんど優ばかりだった。第二外国語のフランス語でいくつかとりこぼしたが、それでも全部で良が数個と、可が一つ。

優の多い成績表のコピーを田舎に送ったのに、親父は何とも言ってこなかった。

結局三年間はあっという間だった。二年生の時友人と、男ばかりで軽い登山のサークルを作り、十回くらいは山に登った。山の上でテントを張り、日の出の瞬間を見るのが楽しみだった。しかしそれも、就職活動が近づくにつれ、自然消滅という形になった。

四年になる頃には、次から次へとリクルート資料がいろんな所から送られてくる。きまじめな私は、ほとんどの会社の資料を請求した。人材会社からは電話帳並みに厚い資料が十数冊。資料を請求した会社からも豪華なパンフレットが続々。一人の採用に数百万円かかるというのも、むべなるかなである。しまいには、下宿の押し入れが一杯になるほど送られてきた。

この世の中に、こんなにたくさん会社があることを、あの時私は初めて実感した。日本に多数の会社があることを頭では知ってはいたが、単に知っていたというだけで、実感とは全く違う。

私は一流企業に次々と電話をかけてアポをとり、面接を受けた。面接というのが、これほど厳しいものだとは、それまで思わなかった。もちろん、雰囲気がなごやかな所はあっただが、雰囲気がなごやかでも、気楽さはなかった。沢山の目が、私を見た。私を会社の基準で計った。ひどく緊張を強いられた。何で私がこんな目に遭わなければならないのかと、何度も思った。

当時は、自分なりの選択で会社を選んでいると、自分では思いこんでいた。しかし今にして考えれば、仕事の中身のことなどほとんど考えずに、ただ単に人気の企業を廻っているだけだった。大手の損保、生保、銀行、鉄鋼、自動車、航空、通信。

私は大手の保険会社に内定した。

その直後に、両親に電話した。

父は、ほめてくれなかった。ああそうか、の一言だった。

母は、よかったわね、とは言った。両親とも、保険会社の実像など全く知らなかった。でもそれは仕方がない。私だって上っ面しか知らなかったのだから。知っていたのは、人気企業であること、給料が高いらしいこと、シェアが業界一位であること、こんなものである。

ただ内定期間中は、それなりに楽しかった。大学時代、私はほとんど旅行もしたことがなかったが、研修という名目で海や山にある会社の保養施設に連れていってもらった。生まれて初めてテニスをし、ゴルフをした。それまで私は、スポーツはあまり手を出さなかったけれど、この二つについては、多少才能があるのではないかと思った。もちろん、これは自分で思っていただけである。

残りの学生期間も矢のように過ぎた。時々会社から、簿記の通信教育が送られてきた。私はきちんと課題を提出したが、後で聞いてみると、課題を最後まで提出した学生は約半分ほどだったそうである。

四月一日に入社して、二ヵ月間の研修を終えると、私はすぐ営業部に配属された。最初は先輩の後をついて歩くだけだった。その後、リクルーターをやらされた。これは営業よりは楽だったが、学生の身勝手な態度、いい加減な姿勢に、去年の自分のことを棚に上げて腹が立った。いや、きっと学生の質が年々低下しているに違いない。福沢翁が生きていたら嘆くだろう。

そうこうしているうちに、リクルーターも終わり、ほどなく一人で営業に向かわざるを得なくなった。一人で会社を回り、とにかく頭を下げなくてはならない。

もし何か問題が起こったら、ひたすら謝らなくてはならない。たとえそれが自分の責任でなくても。

そうして歩き続け、頭を下げ続け、酒の席で接待をして、私の一日が終わる。

今日もカラオケバーに行く羽目になった。私は音痴の方なので、カラオケバーには行きたくない。誰も私の歌などほめてくれない。拍手もしてくれない。笑うだけだ。ホステスだって、客の間の力関係には非常に敏感で、一番軽い存在の私には、はなもひっかけない。別にひっかけて欲しいとも思わないが、くやしくないわけではない。特に頼まれもしないのに、ホステスがマイクを握り、プロ顔負けの上手な歌を披露した時には、もっとくやしい。下手くそだと不快だが、どことなく仲間という感じがする。私は、中学校の時も、音楽の成績は「ふつう」以上になったことはない。ペーパーテストは強かったので、一応「ふつう」という成績を確保したが、もし実技だけだったら、確実に「おくれている」だったろう。私は今でも、ベートーベンやシューベルトの曲名を、十曲以上暗記しているし、音楽史年表も頭に入っている。それればかりか、音名も暗記しているし、和声まで暗記した。すべてテストでいい点をとるために。

上司に言わせると、音痴は武器になるそうだ。カラオケがうまいと、客に憎まれる。むしろ下手なくらいがちょうどいい、と課長は言う。

しかし私はやっぱりいやだ。もちろん、客は喜んで歌うから、ずっと拍手しているだけでも間は持つのだが、一曲も歌わないというわけには、やはりいかない。

カラオケ、それは音痴の人間に恥をかかせるための陰謀である。

結婚した時も、両親は褒めてくれなかった。一人の女性を口説いて結婚まで持ち込むのは、現代では難事業である。昔はよかった。そういう年になると、周囲が見合いをお膳立てしてくれた。こんなことになったのは、社会が都市化したせいでもあり、個人化したせいでもある。昔は恋愛のない結婚が当たり前だったし、それはそんなに悪いことでもなかったのではないか。暮らしているうちに情が移るということもある。逆に、好きで一緒になっても、いつか相手のことが、反吐が出るほど嫌いになることもある。

女性が働き、経済力を持つようになり、男女の関係はほぼ対等になった。これは、恋愛をするにはよい環境である。本当の恋愛が起きる可能性はある。だが、それを掴める人間など、ごく一握りだと思う。普通の人間にとっては、本当の恋愛は見つけるのが難しすぎる。それが規範となってしまったものだから、街には欲求不満の男女が溢れている。

妻を見初めたのは、従姉妹の結婚式の時だった。新婦側の友人の席に座っている彼女を見て、私はこの女性と結婚するのが妥当だと思った。なぜそう思ったのかは、今となってはよくわからない。どちらかと言えば美人の部類に入るが、すごく美しいというほどではないし、学歴も短大の英文科卒、勤めている会社も二流のリース会社で、友人に自慢できるような材料はほとんどなかった。だが、これを逃すと、もう結婚はできないのではないかと思った。私は従姉妹から連絡先を聞き出し、紹介された翌日から電話で誘った。男の方から誘わなくてはならないというのは、辛い義務である。私は柄にもなく、デートのマニュアル本を読んで、よさそうな店やデートコースを探した。二十歳の頃、男女関係をさぼっていたツケである。二十六、七にもなって、こんなことを勉強する羽目になるとは思わなかった。

かなり強引に押したのが効いたのか、彼女は結婚を承諾した。それからがまた一苦労だった。結婚式の準備、仲人の依頼、新婚旅行の準備、独身寮を出なければならないので新居の準備、向こうの両親との挨拶。

そういった諸々を全てこなし終えた時、私はもう疲れきっていた。それに、誰も褒めてはくれなかった。恩師は笑っているだけ、友人は冷やかすだけ、両親にはまるで当たり前のようにあしらわれた。

金もかかった。友人の場合、結婚費用は親がかなり援助してくれるという話だったが、私の両親は、ほんとにわずかしか出してくれなかった。私がせっせと貯めた貯金はほとんど消えた。彼女の両親も多少は援助してくれたが、結局私の側がずっと多く負担している。

入社前は、金などすぐに貯まると思っていた。うちの会社の給料はそれなりに高く、ボーナスも三回出る。それは必ずしも嘘ではないが、営業の場合には、自腹を切ることも多い。また、給料から引かれる額が多い。税金と社会保険料はどこの会社に入っても同じだろうが、半強制的な自社の保険加入や天引き預金が、バカにならない額引かれてしまう。したがって、手取りの給料は驚くほど低い。学生でも必死にアルバイトをすれば、この二倍、いや三倍くらいの額を稼ぐことは可能である。その程度の額なのだ。ボーナスにしても、背広や靴の新調や家具類のローンで相当消えてしまう。私は浪費家ではなく、かなりしっかりしている方だが、それでもなかなかたまらない。

結婚生活にしても、初めからそんなに期待を持っていた訳でもないが、予想していた以上に単調で、気苦労の多いものだった。お金も思った以上にかかった。つまらない装飾品類を、どうして女は買いたがるのだろう。あの気持ちが私にはわからない。それから、毎日電話を入れさせたがる。支配しようとしている。女房にだって、毎日連絡を取るのは面倒である。

連絡を取ったって、ほめてくれるわけでもない。

結局、誰も、わたしを、ほめて、くれない。


ああ、いまいましい。あんな会社、辞めてしまいたい。しかし、辞めると生活に困る。私は先月から、司法試験を受けることを考えている。憲法、民法、刑法の本も、一通りは揃えた。ここで一発、最難関の司法試験に通れば、両親も妻も見直すかもしれない。

だが、恐ろしいのは、それでも両親も妻も、私を尊敬しないかもしれない。褒めてもくれないかもしれない、ということだ。

だから、本は買ったものの、ほとんど勉強する気になれない。彼らがもう少し優しくしてくれたら、私もやる気が出るのだが。もっともやる気が出たとしても、今のような長い労働時間では、いつになったら受かるのか、見通しが立たないことも事実だ。かといって、会社を辞めるわけにはいかない。独身だったら、あの時結婚に消えた三百万円がそのまま残っていたら、会社を辞められたのかもしれないが……。

もう考えるまい。済んだことだ。

離婚には、結婚の数十倍のエネルギーが要ると、離婚した友人が言っていた。それなら別れる方がバカバカしい。

結局このまま会社に縛られ、家庭に縛られるのが私の人生なのかもしれない。

マンションが近づいてきた。鉄筋コンクリート十二階建ての棟が、まるでドミノ倒しのように十一本並んでいる。そのちょうど真ん中、駅から六番目の第六棟の、九階の奥に私の部屋はある。

厭なことを思い出した。

今朝、エレベーターが点検修理中だったのである。

まさか、階段を上らなければならないのではあるまいな。

階段を上がりきっても、誰もほめてくれないのに。

2　小坂美津子、二十八歳の独白。

あの人はまだ帰ってこない。

晩御飯はいらないという電話が、八時頃にあったきり。同じ電話するなら、私が晩御飯を作り始める前にしてほしい。すっかり準備が出来た後で、御飯いらないと言われても、結局ムダな労力を使ったことには変わりはない。

一人で食事をして、一人で後片付けをするのは、やっぱり寂しい。冬の間は、あたたかいお湯でお茶碗を洗うのも、それなりに気持ちいい。でも、清さんが帰ってきたら、やっぱり私が給仕をして、後片付けをしなくちゃならない。二度手間はうれしくない。ビールでも飲もうかしら。こんなことしてると、キッチンドリンカーになりそう。でもそうなる気持ちは、私もよく分かる。

テレビのニュースは、相変わらずつまらない。政治の問題、経済の問題、国際関係の問題、私は基礎知識を欠いているので、もう一つ分からないことが多い。以前は清さんは、何でも親切に教えてくれた。今では、うるさそうに一言ふたこと説明するだけ。短大で習ったはずの英文学は、今のところ何の役にも立ってない。といっても、まともに英文学を勉強していた子は、同級生の中で一人しか知らない。彼女は卒業するとすぐ四年制大学に編入してしまった。今ではどうしているのだろう。

二年前結婚した時、私は処女だった。

周りの友達は大体、男と遊んでいるくせに、演技がうまく、純粋さを装っては男をだまして楽しんでいた。

私は逆だった。

私の恰好は、通っている短大の中では、かなり派手な方だった。よくディスコにも行ったし、朝まで踊っていることもあった。

でも、私は男と寝ることはなかった。結婚までは処女を守るのは当然だと思っていた。友達はそんな私を笑った。

でも私は、嘘はいつかバレると思っていたし、処女でない女にはロクな縁談は来ないだろうと思っていたから、落ち着いていた。

でも、今となっては、必ずしもそんなことはない。私が知っているだけで十人以上の男に抱かれた同級生が、エリートと結婚している。

もちろん私の夫も、それなりにエリートだ。慶応を優秀な成績で出たそうだし、勤めているのは何度も人気企業ナンバーワンになる保険会社である。

でも、それ以外には、特に取柄はない。

会社で順調に出世しているのかどうかも、よくわからない。

時々、ひどく顔色が悪い時がある。お医者さんに行くことを進めても、清さんはそんな時間はないよと言うばかり。大丈夫なのかしら。

新婚の頃は、週末にドライブに連れていってくれたりしたが、最近は何もしてくれない。

何にも。家は寝に帰るだけという感じだ。土日も出勤が多いし、家にいる時でも、最近は何やら法律の本を読んでいる。

清さんとの出会いは、友人の智子の結婚式の時だった。翌日から電話で誘われた。智子は、マジメでいい人よ、つきあったらいいじゃない、と言った。初対面の時には、さほど心がときめいた訳ではなかった。美男子でもなかったし、肉体も魅力的とはいい難かった。でも、エリートということに目がくらんでしまったのかもしれない。清さんから電話があった時には、うれしかった。待っていたかいがあったと思った。私の一生は、これで安泰だと思った。

それから何度かデートをした。清さんは、私を好きだと言ってくれた。キスしてくれた。ホームドラマに出てくるような、楽しくてリッチな家庭が築けると思った。

プロポーズされた。

私は、ＯＫした。

あれから、もう二年が経っている。

新婚旅行はオーストラリア。飛行機から見える海はきれいな色だった。

いよいよその晩が来た。

胸が高鳴った。

清さんの手は、いきなり私の、誰も触ったことのないその場所に触れた。

私は清さんにしがみついた。

清さんが入ってきた。グイグイと入ってきた。

私は痛みに小さく悲鳴を上げた。

そのうち、清さんが終わった。私の中から出ていった。

朝が来た。シーツには血がついていた。

守ってきたものを失い、わたしはどこか放心していた。

でも、それより悲しかったのは、清さんがわたしをほめてくれなかったこと。

わたしは未来の夫のために、あなたのために、ずっと純潔を守ってきたのに、あなたはそれを全くあたり前のことと思っていた。

今の女の子が、どんなに遊んでいるのか、清さん、あなたは知らないのね。

私がどれだけ誘惑をはねつけてきたのか、それで苦労してきたのか、それをあなたはほめてくれなかった。

考えてみれば、結婚してから、わたしは人にほめてもらったことがない。結婚する前は、夫も「きれいだね」とか、「すてきだよ」とか、時々、照れながらではあるけれど、口にしてくれた。

今は何も言ってくれない。

私は、清さんとの交わりで、あまり感じなかった。時々、ふっと気持ちよくなるのだけれど、それがなかなか持続しない。次の瞬間には醒めてしまう。それでも、しらけた表情でいるのは、やっぱり清さんに申し訳ないので、私は清さんが出す頃を見計らって、イクふりをしてきた。こういうことは、両親にはもちろん、友達にも恥ずかしくて聞けないので、遠くのレンタルビデオショップに行って、不審の目で見られながら何本かのアダルトビデオを借りて、女優の表情を研究した。

こうまでしていることを、清さんは知らない。私が必死に演技しても、それを当たり前のように思っている。

私は小さい頃から、よい子で通っていた。勉強もかなり出来る方だったし、ピアノは四歳から習っていたので、音楽の先生にはいつも可愛がられた。学芸会では、演技力を見込まれて、何度もお姫様の役をもらった。美津子ちゃんは、きっと将来いいお嫁さんになるね、ってみんなに言われた。

五歳の時に妹の美和子が生まれた。美和子が成長するにつれて、両親の私に対する愛情がかなり薄れてきたのではないかと思う。美和子は、私よりもやや美人、いや、愛くるしく可愛らしくできていた。これは年が下だったからではなく、同じ年の私の写真と、美和子とを比べてみても、そうだった。

もちろん、たった一人の血を分けた妹であるから、私も美和子を可愛がったし、いろいろな面倒も見てきた。でも、心のどこかに、嫉妬心もあったような気がする。

年頃になると、両親は更に私より美和子を可愛がった。私が両親に結婚を急がされたのも、美和子が私のために行き後れたらかわいそうとの両親の意向があったのかもしれない。

私は中学から、女子短大の付属に入った。学費が相当高かったはずだけど、当時の私はそんなことを気にするわけもない。私の父は小さいながらも会社の社長で、当時は羽振りがよかった。会社が傾いてきたのは、私が短大生の頃で、従業員も半分ほどになってしまった。年収も大分減ってしまったらしい。

でも、中学や高校の時は、私もクラスの仲間に劣らずリッチな方で、お昼御飯もかなり高いものを買っていたし、よく帰りに喫茶店に寄った。そしていつまでも話をしていた。いったい何を話していたのか、今となってはよく思い出せない。たぶん、芸能界関係のことが多かったかもしれない。私も、ひょっとすると、スカウトされるかもしれないなんて考えていた。実際に、同級生の中には、一人、高校時代にスカウトされて、歌手デビューした子がいた。何枚かレコードを出したけど、あまり売れなかったみたい。美人だったけど、声が小さくて、歌手にはあまり向いていなかった。その後、ドラマにも何本か出た。でも今はほとんど見ない。どうしているだろう。

中学、高校は、あまり目立つ方ではなかった。成績も、容姿も、あの学校の中ではまあまあレベル。何とか附属短大の推薦枠にもぐりこめた。

短大時代は、私もかなり悪い仲間と付き合った。親に金をねだっては、流行のファッションに身をつつみ、男に誘われるままにバーに行ったり、ディスコに行ったりした。でも、最後の一線だけは、かたくなに守った。お嫁に行く日のために。将来、嘘をつかないですむように。

思い出してみると、私はいろいろなことを習ってきた。ピアノ、習字、バレエ、それに最近の英会話まで。ピアノの先生は怖かった。ひどく痩せた未亡人の先生で、練習をさぼっていると平手で叩かれた。だから上達したのかもしれない。でも結局、高校生の時に辞めてしまった。習字を習っていたのは、確か小学校の三年生か四年生の時。もともと字はうまい方だったけど、ますます上手になった。でも飽きてしまった。

習字の先生は優しかった。軍隊帰りの老人の先生で、時々下品なことも言ったけど、楽しく笑わせてくれた。今だったらセクハラに当たるかもしれない。バレエを習ったのは、小学校の四年と五年の時ね。小さいトウシューズを無理に足に入れるときつくて、それで踊らなきゃならないんだから、結構キツかった。バレエの先生は、もう中年の男の先生だったけど、とても芸術家肌で今笑ったと思ったらすぐ怒り、時には泣いてしまう、感情の起伏が激しい人だった。今でも聞こえる、あの「ワン、ツー、スリー」の声。英会話を習ったのは、短大の二年生の時。少人数制でたくさんの先生がいた。私が仲良かったのは、金髪の美しいジェニー先生。やっぱりブロンドってきれいだわ。日本人の黒髪も悪くはないけど、金髪にはかなわない。男の先生ではポールかな。いかにも育ちのいいお坊ちゃんが出かせぎに来てるって感じだったけど、発音を直す時は熱心に教えてくれたっけ。でも英会話も、OLになって仕事が忙しくなってからは、結局辞めちゃった。ポールももう、アメリカに帰って、あの時は独身って言ってたけど、結婚してるかもしれない。

私もまた働きに出ようかな。

友人の中には、附属にいるのに四年制大学を受けて、結構いい大学に入って、バリバリ働いているのも何人かいる。ある一面ではうらやましい。でも、やっぱり大変だと思う。男並みに働くのは。だから、バカだとも思う。結婚前の私みたいに、お気楽にOLしているのが一番かもしれない。

ＯＬ時代は、よく海外へ旅行した。というより、旅行するために、資金を貯めてたようなものだ。実家から通っていたし、親も食費を入れなさいなんて言わなかったから、給料まるまる使って遊べた。初めて行ったのは、やっぱりハワイね。入社一年目のお正月だった。短大時代の同級生三人で。あの時一緒に行ったのは、確か智子と裕子だった。カッコいい外人が、いっぱい歩いていた。そう、智子も裕子も、外人の男と消えたんだっけ。私は、やっぱりそんな気にならなかった。開放的になる気持ちも分かるけど、どうして今日知り合った男とその日のうちに寝れるんだろう。しかも二人とも、私より英語ができない。一緒に英会話の授業に出た仲だからよく知っている。智子の発音なんて、ほんとにひどいもんだ。

それでも智子は今、商社マンの奥さんなんだわ。でも赴任先がケニア。ケニアって英語が通じるのかな。アフリカの方の言葉だったら智子もうまかったりして。

二年目の夏休みはヨーロッパ。あれもやっぱり、智子と裕子と三人で行った。十日間で主な観光地を全部めぐってしまおうっていうツアーは、なんだかせわしなかった。イギリスに二日間、フランスに二日間、西ドイツに二日間、イタリアに二日間、スペインに二日間、添乗員にくっついてあちらこちらと回るうち、夢のようにあっけなく過ぎた。

三年目の夏休みはアメリカ西海岸。これはのんびりしていた。会社の同僚の康子と二人旅だったわね。毎日午後から浜辺へ出て、肌を小麦色に焼いた。時間がゆっくりと過ぎていった。

四年目の夏は香港。康子と、それから恵子ちゃんっていう後輩と、三人で。うだるような暑さの中を、あちらこちらと歩き回って、いろいろショッピングをしたっけ。あ、でもあの時買ったバッグも、腕輪も、まだ実家にあるんだわ。

それから新婚旅行のオーストラリア。それ以後はなし。やっぱり、お金のせいかしら。OLの頃の方が、自由に使えるお金がずっと多かった気がする。もちろん、清さんの給料は、私の給料より高いけど、そこから、家賃、電気、ガス、水道、電話、それに、わたしたちの食費とか、いろんな経費を引いたら、結局給料をまるまる使えたOL時代の方が、ずっとよかった。

そう言えば母さんは、ずっと家計簿をつけていた。買物から帰ってくるたびに、レシートと品物の値札とを見比べて、細かい数字を記録していた。家にはお金があった筈なのに、やっぱり自営業の強みというのか、ケチくささというのか、父も領収書には割とうるさかった。税の確定申告の頃になると、二人そろって電卓叩いてたわね。今年もそろそろかな。それに比べれば、私は税のことなんか、何もしたことがない。源泉徴収で持ってかれて、年末調整で少し戻ってくるだけ。それを銀行のATMの数字で確認するだけ。

やっぱり外に出て働くべきかもしれない。ＯＬの頃はよく上司にかわいがられたし、ほめられもした。いいね、字がきれいだね、今日の服はなかなかいいよ。こういうのを、セクハラと言う人もいるのかもしれないけど、私はほめられればうれしいし、悪い気はしない。もちろん、お尻に触られたりすれば別だけど、そういうことはなかった。課長なんか、何だかむしろ私たちに気を遣い過ぎているみたいで、おどおどしてかわいそうだった。

家に閉じこもっていたって、誰もほめてくれないもの。夫の帰りは遅いし、帰ってきたってほめてくれない。最近はあまり抱いてもくれない。

欲しい服だって、自分で稼いだお金なら清さんに気兼ねなく使える。また、海外旅行にだって行けるわ。この前ブティックで見たあの服を、清さんに欲しいって言ったら、きっと一瞬困ったような顔をするわ。靴も今、よそゆきの靴は二足しかない。サンダルを履いて買い物にいくばかりじゃ、何のために生きてるのかわからないわ。デパートで見た鮮やかな口紅だって、毛皮のコートだって、私がのどから手が出るほど欲しいのを我慢しているのを、あの人は知らない。

また海外に行きたいな。まだ行ってないところがたくさんある。ヨーロッパだって、行ったのはイギリス、フランス、ドイツ、イタリアの主要都市だけだから、あと、北欧とか、東欧とか、ギリシアとか、ポルトガルとかある。あと、アフリカ。大きな草原があって、広い砂漠があって、ピラミッドがあって、キリンや象が歩いてるのを見たい。アメリカだって、西海岸しか行ってない。東海岸に行きたい。ラテンアメリカもいいなあ。ブラジルとか、カーニバルを見たい。

やっぱり働こう。でも、パートのオバチャンになって近所のスーパーでレジを打つのはちょっとゴメンだ。やっぱりちゃんとしたオフィスで働きたい。でも、正社員の再就職は難しいし、清さんの面倒も見てあげられなくなる。やっぱり派遣かなあ。友だちはどうしてるんだろう。この頃、あんまり連絡しない。友だちがいろんな所に散らばっちゃったから。やっぱり遠距離の通話は高いからかしらね。

車の免許でもあれば、一人でもあちこち行けるんだけど。これも清さんに反対されるだろうなあ。君には運転は任せられないよ、とか、そんな危ないことを君にさせるわけにいかない、とか。本当は教習所に払うお金のことを心配してても、あの人はそういうタテマエを言うのよ。

まだ帰ってこない。もう寝ちゃおうかな。いや、それはやっぱりかわいそう。
お料理、冷蔵庫にしまっておいて、明日の朝飯にするしかないだろうな。
まだ帰ってこない。
仕方ないか。私が怒っても、怖くないもんね。

3　清と美津子の対話

台所の壁掛け時計の秒針は、音もなく回転していた。時計の斜め下には、新婚旅行の時に買ったコアラのぬいぐるみが置いてある。美津子が所在なくコアラのぬいぐるみを抱き上げようとした時、ドアのチャイムが鳴った。

夫だと思うが、一応インターホンで確かめる。

「どなた？」

「僕だ」

「おかえりなさい」

美津子は、ドアのロックを開け、チェーンを外し、ドアを押し開いた。

清の疲れた顔が現れた。朝整えていった髪の分け目も崩れ、ネクタイもヨレヨレに歪んでいる。

「おかえりなさい」

美津子はもう一度言った。

「ただいま」

清はため息をつくと、コートを脱いで美津子に渡し、すぐにトイレに入った。

中から水音が聞こえてくる。

美津子は、コートを衣紋掛けに掛け、廊下の壁に付いているピンク色のプラスチックの大きなねじ釘に掛けた。

清がトイレから出てきた。ネクタイを外す。

「今日も遅かったのね」

「ああ、今日も遅かったよ」

「お風呂にする？」

「そうだね」

「お腹すいてない？」

「何かあるの？」

「普通の御飯ならあるわ。焼き魚とサラダ」

「ああ、じゃあサラダを食うかな」

「お風呂とどっちが先？」

「まず風呂に入るか」

清はそのまま風呂場へ行った。ワイシャツやズボンを脱ぐ衣擦れの音が聞こえる。すりガラス越しに、清の肌色の体が映る。美津子は食卓の椅子に座って、頬杖をつく。所在なく、リモコンに触れ、テレビを入れた。

この時間は、だいたいどこの局でもスポーツニュースをやっている。

美津子はスポーツに詳しくないが、名前も知らない野球選手やサッカー選手が走ったり跳ねたりする姿をかっこいいと思うことがある。お相撲さんがぶつかりあう姿も美しく見える時もある。ゴルフは自分でもやってみたいと思うが、ゴルフ選手を見て感動したことはない。むしろ、いい大人のスポーツではないと思っている。あの運動量では、女子供か、老人のスポーツではないか。

清はすぐ出てきた。

「はあ」

「ビールでも飲む？」

「いや、いいよ。もう飲めない」

「そうよね、あなた酔っぱらってるもんね。ごめんなさい」

「べつに謝ることじゃない」

「どう、サラダ」

「ああ、うまいよ」

清はテレビを見ながらこたえた。ちっとも心がこもっていない、おいしいと言うならもっと気持ちよく言ってくれたらいいのに、と美津子は思う。

「ねえ、私、本当に勤めに出ようかしら」

「ああ、まあダメとは言わないが」

「ダメとは言わないが、何？」

「君だってOLをやってたから分かるだろうが、楽しいもんじゃないぞ、それに」

「それに？」

「正直言って、何となく不愉快な気もしないでもない。まるで僕の給料では足りないみたいだ。それに君の両親に申し訳ない」

「別にそんなんじゃないから、申し訳ないことなんかないわ」

「君がそんなんじゃないと思っても、周りがそう見るだろう。だから、もちろん、止めはしないが、諸手を挙げて賛成もしないな。どんな仕事をするつもりなのか、それにもよるんだが。それに、子供ができたらどうする」

「まだできてないじゃない。それに」

「それに？」

「あなたはあんまり子供を欲しいみたいじゃないし」

「そんなことないさ」

「そう？」

「ああ、まあ、できればかわいいと思うんじゃないか」

「ほら、すごく欲しいとか、どうしても欲しいっていうんじゃないでしょ」

「まあそうかもしれないが」

それに、あんまりわたしを抱かないじゃない、それじゃ子供なんかできないわよ、美津子は心の中でこうつけ加えた。

「できるかもしれないだろ」

「その時は仕事をやめるわ」

「そうか」

清はサラダの中のじゃがいもをつまんでいる。

「どんな仕事がしたいの？」

「そうね、やっぱり水商売とかじゃなくて」

「そりゃそうだよ。僕だって、君が水商売しようなんて言ったら、断固反対する」

「どうして？」

「どうしても。あんなのは、まともな人間のする仕事じゃないよ」

「そうかな」

「そうとも」

「じゃあやめてあげる。あ、お茶淹れようか」

「頼む」

美津子はポットのお湯をやかんに戻し、コンロにかけた。青い炎が美しく見えた。

「ねえ、また海外に行きましょうよ」

「そうだねえ。行こうか。どこがいい？」

「どこでもいいわ」

「ふむ。じゃあ、韓国はどう？」

「えー、韓国？」

「いやなのかい？」

「ちょっと、近くない？」

「近いかどうかなんて、大した問題じゃないだろ。一度、行ってみたいと思ってたんだ。日本の文化は、もちろん中国大陸から来てるんだが、一旦は朝鮮文化というフィルターを通して受容されてるんだよ。知ってるだろ」

「よくわかんないけど」

「ほらさ、帰化人とか、いたじゃないか」

「どこに」

「どこって、どこだか、いろんなところにさ。昔の話だよ、奈良時代とか、平安時代だったかな」

「ふーん」

「あんまり気乗りしないみたいだね」

「別に嫌じゃないけど」

「じゃあ、台湾は？」

「台湾？　何があるの？」

「さあ。料理がおいしいと思うよ。台湾料理」

「ねえ、もっと遠くへいきましょうよ」

「遠くって？」

「アメリカとか、ヨーロッパとか」

「君は独身時代に、アメリカもヨーロッパも行ったたって聞いたけど」

「別に一回行ったからって、二回行っちゃいけないっていうもんじゃないでしょ」

「そりゃまあ、そうだ。それも一理ある。ゼアリズサムシングリーズナブル、インホワットユーセイ」

「ヨーロッパだって、アメリカだって、行った所はごくわずかだわ。ヨーロッパは駆け足で西欧の部分を見ただけだから、北欧とか東欧とか残ってるし、アメリカだって、西海岸しか行ってないもの。東海岸もあれば、カナダも、メキシコもあるわ」

「ところで、今、預金の残高はいくらだっけ」

「あ、お金の話にするの」

「そりゃ、仕方ないだろ。いくらぐらいあるの？」

「百二、三十万はあるわよ。充分じゃない」

「全部使ってしまうわけにはいかないだろ？　これからのこともあるし」

「だから私も働けばいいじゃない」

「何して働くつもりなんだい」

「派遣労働を考えているんだけど」

「ああ派遣ね。派遣は見た目には時給が高いけど、社会保険はないし、ボーナスはないし、退職金もないし、そんなにいい働き方じゃないよ」

「じゃあ、どうしろっていうの。きちんとお勤めしろっていうの？」

「そうだな、特技を生かすとか」

「特技なんて、字には自信があるけど、でも、それだけじゃどうしようもないでしょ」

「ふーん」

清はお茶を飲んだ。

「お茶菓子もあるわよ」

「ああ、いいよ。寝る前に食べると太るし、虫歯も増える」

「そうねえ」

「もう、寝るよ。おやすみ」

清は立って、寝室の方に向かった。美津子は、後片づけを明日に回し、風呂に入ることにした。

いつものことだが、清が出た後は、ヘチマやプラスチック桶が転がっている。美津子はそれをていねいに直すと、湯船に浸かった。

あったかくて気持ちがいい。やっと解放的な気分になれる。

美津子が風呂から上がると、清は起きているのか寝ているのか、ダブルベッドの真ん中で大の字になっている。

「あなた、ちゃんと寝ないと風邪ひくわよ、ほら」

美津子は清のお尻を軽くたたいた。

「あ？　ああ」

「ちゃんとベッドの中に入ってよ」

「ああ？　ああ、今日も疲れた」

「大変ねえ」

「会社を辞めたいよ」

「……」

「まあ、辞める訳にはいかんだろうなあ。それとも、君が働いてくれるから大丈夫か」

「それは、困るわ」

「そう言うと思ったよ。女はいつもそうだ。働くといったって、家計を支えるつもりなんかさらさらないんだ。結局は自分の小遣い銭が欲しいだけだろう」

「そんなことというなら、あなただって、結局身の回りの世話をただで私にして欲しいから、私が働くと言うと反対するんでしょ」

「まあ、それは否定はしないが」

「否定はしないが、何よ」

「それだけじゃない。やっぱり家には人がいた方がいい。届け物があったりしたら、困るし」

「そんなのつまらないことでしょ？」

「まあそうだな」

「新しい洋服も欲しいし、靴も欲しいわ」

「この前買ったじゃないか」

「あれからずいぶん経っているのよ」

「僕には昨日のことのように思える」

「私が働けば、その分で買うわよ」

「はいはい、買ってやるよ」

「それから、免許も欲しい」

「車の免許かい？」

「もちろん」

「必要ないだろ。それに、君には危ない」

「そう言うだろうと思ったわ」

「そうだろうね。君の両親だって、そう言うと思うよ。女は運転には向いてないんだよ。バスの運転手だって、タクシーの運転手だって、男ばかりじゃないか」

「でも私、若い女がトラックを運転してるのを見たわよ」

「どこで」

「すぐ近所で。ほら、工事してるでしょ。駅までの道。あそこを買い物の行きに通った時、トラックの運転席に若い女が座ってた。不良っぽかったけど」

「それはごく例外だから目立つんだ。それに、運転してたんじゃないんだろ」

「ええ、その時はね」

「だったら、ただ運転席に座ってただけかもしれないじゃないか」

「そんなことはないわよ」

「君が免許を取ったとして、何かメリットはあるのかい？」

「ドライブに行けるわ。私の運転で。あなたが疲れてても」

「おいおい、怖いことを言うなよ」

「ひどい、怖いなんて」

「もう寝かしてくれ。あしたも早いんだし」

清は寝返りを打って、美津子に背中を向けた。美津子は右手で、清の肩をゆさぶるが、清は軽く払いのける。

美津子はしばらく黙って、天井を見ていたが、急に口を開いた。

「ねえ、私、浮気をしちゃうかもしれないわよ」

「何だよ、変なことを言わないでくれ」

「あなたは浮気してないでしょうね」

「まったく、してない」

「証拠は？」

「証拠、そんなものはないよ。そういうことは、証拠がある方があやしいんだ。君は推理小説を読んだことがあるかい」

「あんまりないけど、いくつかある」

「誰の？」

「森村誠一」

「森村誠一か。僕は横溝が好きだったんで、社会派はあんまり読んでないが、森村誠一のもそうだと思うけど、推理小説では、大体、証拠とかアリバイを持っている奴が怪しいんだ」

「推理小説のことは関係ないじゃない」

「いや、この場合で言えば、俺は浮気なんかしてないよ、これが証拠だなんて証拠を出す奴が一番怪しいということさ。それより、君の言葉は聞き捨てならないなあ。好きな男でもできたのか」

「いないわ。でも、もし、わたしをほめてくれる人がいたら、私は浮気しちゃうかもしれない」

「どうして」

「あなたは私をほめてくれないもの。結婚前は、いっぱいほめてくれたのに、結婚したらもう女じゃないと思ってるのね」

「そんなこと言わないでくれよ。君はぼくの大事な妻だよ。それで十分じゃないか」

「いや、それだけじゃ、いや」

「大人になるということは、人にほめてもらえなくなるということなんだよ。そうじゃないか。いい大人が、人をほめられるかい、まったく。大人を褒めるのを、お世辞というんだ」

「そんなことない」

「美津子、きれいだよ」

「いや、そんなとってつけたようなセリフ」

「ほんとうにきれいだよ」

「だって、まっくらじゃない」

「僕には見える」

「それは私じゃないわ」

「君だよ」

「じゃあ、結婚前の私、今より若かった頃の私でしょ。今の私をほめてくれる人はどこにもいないものね」

「そんなことないって、もう、寝かしてくれよ、そして、君も寝てくれ。明日になれば、またいいことがあるかもしれない」

清は思った。苦労して女房の御機嫌をとっている私を、誰かほめてはくれないものか。誰もほめてはくれないよな。誰も、わたしを、ほめて、くれない。

主婦検定

女の時代というかけ声に踊っていた女性にも、疲れが見えてきた。一流大学を卒業し、一流企業に総合職として入社しても、会社の仕事などそれほどおもしろいわけもなく、結婚したら家事の負担はやはり重く、子供ができたらどちらかの親に頼らなくてはなかなか育てられない。かといって、結婚もしないで一人で年を取っていくのも寂しいし、不安もある。選択の幅が広がるというのは、悩みが増えるということでもあり、海外旅行や酒やカラオケボックスで一時の気晴らしはできても、慢性的な倦怠に覆われる時間が長くなった。

そんなこんなで、キャリア志向が陰りを見せ始めるのとほぼ並行して、有職女性に「三食昼寝つき」「ムダ飯食い」「コバンザメ」「寄生人種」などと非難されていた「専業主婦」が、職業として再び見直されてきたのである。専業主婦から地方議会に進出したり、「主婦こそ夢の自由業」といった著作が現れ、会社からの総撤退を叫ぶフェミニストが現れた。

「主婦検定」という概念が霞が関を飛び交うようになったのは、ひょっとすると女性の社会進出を苦々しく思っていた男の官僚たちが、これを機会にもう一度女性を家庭に閉じ込めようとの密かな意図によるものかもしれない。それとも単に省益の拡大を狙ったものかもしれない。検定試験はもうかる。外郭団体として作る試験機関は、よい天下り先にもなる。受験者が多い国家試験と言えば、情報処理技術者試験や宅地建物取引主任者試験があるが、前者は受験者が年間約五十万人、受験料は約四千円だから、動く金はおおよそ二十億円。通産省の外郭団体「財団法人日本情報処理開発協会情報処理技術者試験センター」がとりしきっている。後者は受験者が年間約四十万人、受験料は約五千円なので、動く金額はこちらも約二十億円。これは、建設省の外郭団体「財団法人不動産適正取引推進機構」が主宰している。

そもそも資格制度は、法律の浸透、手続きの代行、企業の行き過ぎの防止のうちの、いずれかを目的としたものだった。第一の法律の浸透とは、業種ごとの法律をその業種に就く者に学ばせようというもので、旅行主任や宅建主任などの資格がこれにあたる。第二の手続きの代行とは、煩瑣な行政の手続きを代行する専門家を養成しようというもので、行政書士や司法書士、土地家屋調査士などがこれにあたる。第三の企業の行き過ぎの防止を目して作られた資格には、公認会計士や公害防止管理者、環境計量士などがある。これが変化してきたのは、情報処理技術者が昭和四十四年にスタートしたのを始め、消費生活アドバイザー、日本語教育能力検定など、単に「能力」の証明に過ぎないような資格が次々と現れたことだろう。漢字検定の公認化なども、この動きの一端として理解できる。

主婦は、もし産業の規模としてみるならば、非常に大きい。結婚している女性全体を主婦と定義するなら、雇用者規模は数千万人である。外で賃労働をしていない既婚女性としても、前者の定義の半分くらいにはなるだろうが、それでも二千万人くらいはいそうである。かりに、主婦検定を五千円として、そのうち二百万人が受験すれば、なんと百億円もの収入になる。もちろん、出題者への謝礼、会場費、事務手続費、アルバイト代などを差し引かなくてはならないとはいえ、利潤率は普通の産業に比べて相当に高い。私立大学など、受験料で経営がもっているのである。

日本人の試験好きには理由がある。世界にも珍しいほぼ無階級の国であるからだ。だから、人々は学歴で競う。会社で競う。そしてその傍流として、資格試験がある。三流の大学を出ていても、司法試験に受かったといえば、それ相応の敬意と待遇が待っている。ゆえにアイデンティティーゲームの一環として、英検やら簿記やら、さまざまな試験の勉強に精を出す。資格を金で出すとか、学位を売るといった詐欺が後を絶たないのも、そのためである。

さて、これを利用して、主婦業にしかるべき権威付けを与え、おまけに金儲けと天下り先の確保、業務の拡大を狙った官僚がいても、不思議ではない。そして、前述のように、主婦検定という言葉がどこからともなく現れ、霞が関ではその実施が既成事実のように固まっていった。そして、問題はどの官庁がそれを所管するかに移った。

官庁同士は、当然のことながら、いつも縄張り争いをしている。郵便貯金の資金運用をめぐる郵政省と大蔵省の争い、農林中金の資金運用をめぐる農林水産省と大蔵省の争い、公定歩合をめぐる大蔵省（日銀）と通産省の争い、情報化政策をめぐる郵政省と通産省の争い、教育産業をめぐる文部省と通産省の争いなど、例は枚挙に暇ない。

主婦検定の場合、先鞭をつけたのは厚生省だった。衣食住はまず以て、家庭内の保健行為であるという理屈である。そこに文部省がかみついた。主婦検定は、小・中・高校の家庭科教育の総仕上げであるべきだ。そのノウハウは、われわれ文部省が蓄積している。そして通産省は、主婦業も一つの産業である、産業だったらばわれわれが所管するのが当然である、と主張した。農水省は、主婦の仕事は産業というよりわれわれの分野に近い、食生活や衣生活は農林水産を抜きには語られない、だからわれわれが所管する、と反駁した。自治省は、家庭の自治たる主婦業と地方自治とは一体のものだ、と主張した。建設省や運輸省や法務省も、何か言いたげだったが、有効な屁理屈が思い浮かばず、黙っていた。外務省は最初から蚊帳の外だった。

これらの省庁の課長レベル、課長補佐レベルで折衝が行われたが、最後まで残ったのは厚生省と文部省で、それも厚生省の方が分がよかった。厚生省は一つの妥協案を出した。四年制大学の家政学部出身者には何らかの優遇措置を設けるというものである。これ以上話し合っても厚生省が譲歩することはないだろうと見た文部省は表向き、この案に賛成した。表向きはそうだが、例えば文部省の局長以上に総合病院の無料診察券を配るなど、裏でも何らかの便宜供与があったものと見られているが、詳しい話はどこを叩いても出てこなかった。

厚生省は、省内の中堅と学識経験者、主婦連の代表など十一人で構成する、主婦検定制度準備委員会を発足させた。細かく言うと、官界から三名(厚生省、文部省、大蔵省から各一名)、学識経験者から三名（東京大学法学部教授、お茶の水女子大学家政学部助教授、和光大学人文学部助教授）、主婦連から二名、法曹界から一名（最高裁判所裁判官）、ジャーナリズムから一名（読売新聞東京本社論説委員）、財界から一名（日経連副会長）である。議題が議題だけに、女性が五名を占め、この手の委員会としては異例の男女比となった。

第一回の会合は、大手町合同庁舎第三号館七階の７３４会議室で行われた。議題は、主婦検定を発足させるか否かである。各委員が一人持ち時間五分で意見を述べた。反対意見を述べたのは二人だった。財界の代表と和光大学の女性助教授である。ただし、二人の反対の理由は全く正反対だった。財界代表は、女性は何も言わずに主婦をするのが当然という考えで、こんな試験制度をわざわざ導入する必要はない、それを必要とする社会はまったくケシカラン、嘆かわしい、という趣旨のことを述べた。和光大学で女性学を講ずる、東大社会学科出身の助教授は、この検定試験は、お茶やお花やお琴や踊りの封建的家元制度にも似た試験制度を作りあげて煽ることによって、女性を再び家庭に閉じ込めようとする陰謀に過ぎないと大声でまくしたてた。彼女の風貌は、家元制度打破を叫んで家元に切りつけた花柳幻舟にも多少似ていたが、むしろ幻舟よりも美人だった。さて、この二人の反対意見があることは、厚生省の計算通りだった。お汁粉に砂糖ばかりでなく塩も入れるように、反対者を少数混ぜておくことによって、委員会の中立性を装うことができる。

そして、最後には多数決がとられ、主婦検定の実施が決まった。

第二回の会合も、大手町合同庁舎第三号館七階の734会議室で行われた。議題は、主婦検定の内容についてである。前回反対意見を述べた二人のうち、財界代表である日経連副会長は、今回は出席しなかった。自分の意見が通らないことに腹を立てたのかもしれないし、財界人としての活動が忙しいためかもしれない。おそらくはその両方であろう。和光大学助教授の方は、今回も来ていた。さて、検定内容についてであるが、衣・食・住のそれぞれについて出題することについてはコンセンサスはできた。その他に、どのような内容を盛り込むかが問題となった。議題に上がったのは、育児、性生活、商品学などである。この三つについて、なかなか意見がまとまらなかった。主婦連の代表の一人は、夫婦では子供が生まれるのが当然なのだから、育児は必要と主張した。もう一人は、子供のいない夫婦もあり得るし、子供のいない主婦もいるのだから、育児は範囲から外すようにと論じた。後で聞いてみると、案の定、育児の出題を主張した人は高校生をかしらに、中学生二人という三人の子持ち、反対した若い主婦にはまだ子供がいなかった。性生活については、この二人の意見が逆になった。三人の子持ちの方は、性生活は主婦の仕事とは直接に結びついてはいないし、そんな事柄を試験の問題にするなんてイヤラシイ、と顔をしかめた。若い主婦の方は、性生活は夫婦の基礎であり、それを出題から外す方が不自然だ、と応酬した。男の方でも、ほぼ年齢によって意見が分かれた。商品学については、抽象的過ぎて主婦検定にはなじまないとする意見が多く、出題はほぼ見送られることとなった。ところで文部官僚は、基礎的な学力試験を繰り入れたらどうかと提案したが、これは一蹴された。こんなところにまで偏差値的な学力秩序を持ち込むのはおかしいという意見が大勢を占めたのである。

第三回の会合は、大手町合同庁舎第三号館七階の737会議室で行われた。734会議室は臨時の会議が行われており、それより一回り小さい737会議室となったのである。だが、前二回のこともあり、部屋を間違える委員が続出、734会議室では、「第三回主婦検定制度準備委員会は737会議室です」とマジックで大書した紙を貼り出さねばならなかった。

今回の議題は、主婦検定の級位についてであった。二人の委員が、茶道や華道、書道との整合性により、師範や免許皆伝といった級位を主張した。主婦も、一つの道であるとするのである。その他の委員は、一級や二級といった簡単な級位でいいのではないかと述べた。ここで、他の資格における級位が紹介された。情報処理技術者においては、特種、オンライン、第一種、第二種というヒエラルキー。実用英語検定（英検）においては、一級、準一級、二級、三級、四級、五級。実用フランス語検定（仏検）においては、一級から四級。実用スペイン語検定においては、一級から六級。中国語検定においては、一級、二級、準二級、三級、四級、準四級。国連英語検定においては、特A級、A級、B級、C級、D級。自動車整備士においては、一級が存在せず、二級と三級。建築士は一級、二級、土木。秘書検定は一級から三級、漢字検定は一級から八級。準何級という級位は、後から割り込ませたために出来たもので、初めから存在したものではない。この辺の話では、大部分の委員がうたたねをしていた。では、主婦検定も一級から設けるとして、下を何級までにするのか、が議題となった。厚生省の担当者が、なるべく細かくした方が、受験者のやる気を出すのに役に立つが、あまりに細かくすると、実施側の手続きが面倒になるので、四級くらいまでが適当ではないか、との意見を出した。これには七人が賛成し、賛成多数で議決された。反対者のうち、二人は伝統的な段位を主張しており、もう一人は、主婦検定そのものに反対していた和光大学助教授である。ここでも、反対を貫かなければ、論理的な整合性が保てなかった。

ここで前回からの議題である、育児と性生活を出題範囲とするかどうかが話し合われた。

前回黙っていた東大法学部教授が、折衷案として、級位によってこの二つの項目を含ませる場合と含ませない場合にしたらどうか、と提案した。ただし、その前に各級の性格付けをしなくてはならないだろう、ともつけ加えることを忘れなかった。主婦連の二人は、こんなところで男に仕切られたくないと、憮然とした表情だった。

ここまで論議した時点で、予定の時間が過ぎ、次回は各級の位置付けを話し合うこととなった。

第四回の会合は、大手町合同庁舎第三号館七階の７３４会議室で行われた。今度は逆に、７３７会議室へと間違える人間が三人出てしまった。出席者は前回と同じ十人である。

議題は各級の位置付けである。厚生省の官僚が、一応の叩き台として、次のような案を提出した。四級―主婦への準備段階であり、独身女性の自己研鑽を目的とする。三級―主婦の初級段階であり、新婚主婦の目安とする。二級―主婦の中級段階であり、ベテラン主婦の目標とする。一級―主婦の上級段階であり、特に高度な技能や総合的能力を試験し、主婦検定受験者の最終目標とする。

年齢制限は付けるんですかと読売新聞社論説委員が尋ねた。年齢制限は付けるつもりはないが、上級試験の場合には実務経験を条件に課す予定であるというのが厚生省の答えだった。

論説委員「ほほう、実務経験ですか。実務経験というのは、どうやってはかるんですか」厚生省「それは、結婚している年数で」。論説委員「じゃあ、うちの女房みたいに、家事を全くやらない女でも、結婚していれば、実務経験になるんですか。それは問題があるんじゃないか」厚生省「そうなりますが、でも、その実際の所は検定試験で測定するのですから、問題はないと思います」。論説委員「うちの女房は、試験には強いんですよ。何せ司法試験に通ってるんだから。弁護士で、俺より稼ぎがいいんだ。それを鼻にかけて……。あんた、クリントン夫人だって、年収が夫の四倍以上あるというのに、夫を尊敬しているって、インタビューで答えているじゃないか。何だ、うちの女房は、自分の稼ぎを鼻にかけて。ちくしょう」。普段は冷静な性格で知られている論説委員だったが、昨晩夫婦喧嘩でもしたのか、今日はいつになく顔が上気し、興奮していた。主婦連の一人が尋ねた「じゃあ、お宅では家事はどなたがなさってるんですか？」。論説委員「私の母です。母は昨日過労で入院しました。これまで、全ての家事をやってきたんですからね。私は新聞記者で忙しい。女房は弁護士で忙しい。娘は何だか知らないが大学から帰って来ないし、息子は受験勉強だと言って部屋に閉じ籠もっている。私の家庭はもう、おしまいだ」。しまいには泣き出す始末である。一同はシラけてしまった。

とするとですな、性生活や育児についての出題は、四級にはなじまないということですね、と、話題をガラリと変えて東大法学部教授が口を開いた。ええ、ですから、三級から出題する予定です、と厚生官僚は答えた。

「だいたいあんたが悪いんだ」論説委員は退官間近の東大法学部教授に食ってかかった。「うちの女房は、アンタの一期生だ。アンタの教育が悪いからこんなことになるんだ」。東大教授はあわてず騒がず「そんなこと言われても、半年間のゼミで、いったい私がどんな影響を及ぼしたというんですか。それ以後は、あなたが二十年以上も一緒にいたんではないですか。僕だって、彼女のことは覚えてます。好きだったと言ってもいい。美人で、活発で、陽気で、頭がよくて。でも、卒業と同時に、花形の政治部記者だったあなたの所へ嫁に行ってしまった。僕は悲しかった。今夜、一緒に飲みませんか」。論説委員「……」

第四回委員会はここで時間切れとなった。次回の議題は、試験の細かな内容、および形式である。

第五回の会合も、大手町合同庁舎第三号館七階の７３４会議室で行われた。

試験の内容と形式について、厚生省の官僚が報告を行った。「四級については、調理に関する知識、被服に関する知識、住居に関する知識の三つを試験範囲とする。三級については、この三つに、性生活に関する知識、育児に関する知識の二つを加える。二級については、同様にこの五つの分野を試験範囲とする。一級についても同様だが、一級の場合にはこれらを分けず、主婦業に関する総合的知識として出題する。以上が原案ですが、ご異議はございませんか。ございませんね。では、これは決定事項とします。続いて、試験の形式についてです。試験の形式には、筆記試験と面接試験、実技試験が考えられます。また、筆記試験は、選択肢の中から正解を選ぶ択一式、文字や言葉などを記入する記述式、長文で解答する論述式などが考えられます。例えば司法試験の場合、短答というのが五肢択一式の筆記試験、論文というのが長文の筆記論述試験、口述というのが面接試験です。情報処理技術者試験の場合には、第二種の試験はほとんどが記述式、第一種の場合には記述に論述が加わり、オンラインや特種の場合には論述に重点が置かれます。ですから一般的に、試験の等級が高度になるにしたがって、択一式から記述、論述、面接などへとウェイトが移っていきます。択一式の選択肢は、だいたい四肢か五肢が普通です。危険者取扱者の場合には、最も下の丙種が四肢、中級にあたる乙種は五肢です。司法試験の択一は五肢です。弁理士試験の多肢選択試験は、名目上は五肢でありながら、回答なしがあるので実質的には六肢になっていますが、これは例外でしょう。これらのことを考え合わせて、以下のような叩き台を作ってみました。

四級　筆記　調理に関する基礎知識（四肢択一式）

三級　筆記　被服に関する基礎知識（四肢択一式）
住居に関する基礎知識（四肢択一式）
調理に関する知識（五肢択一式、穴うめ記述式）
被服に関する知識（五肢択一式、穴うめ記述式）
住居に関する知識（五肢択一式、穴うめ記述式）
性生活に関する知識（五肢択一式、穴うめ記述式）
育児に関する知識（五肢択一式、穴うめ記述式）

二級　筆記　調理に関する応用知識（論述式）
被服に関する応用知識（論述式）
住居に関する応用知識（論述式）
性生活に関する応用知識（論述式）
育児に関する応用知識（論述式）
実技　調理実習、被服実習、住居実習

一級　主婦業に関する総合的実践（論述、実技）

いかがでしょうか。「ご意見をお聞かせ下さい」

主婦連の一人が手を上げた「あの、一級の主婦業に関する総合的実践っていうのは、一体どんなことを想定してるんですか？」「ああ、それは、具体的にはまだ煮詰まっていませんが、総合的というか、実践的というか、そうしたことを考えております」「それじゃあ分かりません」「ですから、その、調理、被服、住居の三分野にまたがるような、例えばですね、東大入試の後期論文試験のような、各科目に偏らない、総合的な実践的な知識を想定しているわけです」「たとえば？」「たとえばですね、ええと、料理しながら洋服を縫っていたら壁紙が剝がれてきた。さあ、どうしますか」「どうして、料理しながら洋服を縫わなくちゃいけないんです。そんなのナンセンスです」「これは一つの例です」「何だか、あなたみたいな役人に、家事のことをとやかく言われるのは嫌になっちゃいましたよ」「もちろん、出題は専門の先生がなさる訳ですから、ご心配なさらなくても、結構だと思います」「どうせ家庭科の先生方でしょ」「そうですけど」「私が習った家庭科の先生って、ほんとにひどい人ばかりでした。小学校の家庭科の先生、あるいたずらっ子が騒いでいたら、どうしたと思います」「さあ、私はその場に居合わせなかったものですから、わかりません」「糸のついた針で、その子の口を縫いつけてしまったんですよ」「まさか」「本当です」「だって、大変なことじゃありませんか。それからどうなったんですか」「どうなったって、どうもなりゃしませんよ」「懲戒免職とか？」「いえいえ、教育委員会と校長が示談金を払って事件をもみ消しましたよ。

それから、中学校の家庭科の先生だって、ひどかったんですから」「まだあるんですか」「ええ。クラスで一番威張っていた女の子に、ふだんからその先生は嫌っていて、味噌汁を作る時に、熱い味噌汁をかけちゃったんです」「その生徒に？」「ええ」「で、それももみ消されたんですか」「そうです」「なんてことだ」「まだあるんですよ」「……」

このやりとりのうちに、予定の時間が過ぎ、委員は一人ひとり帰っていった。

第六回の会合も、大手町合同庁舎第三号館七階の７３４会議室で行われた。

厚生省の官僚が司会をする。「前回の、試験の内容と形式については、一応の賛同が得られたものと考えてよろしいでしょうか」。数人、面倒くさそうに「異議なし」。「ご異議なしと認めます。ところがですね、異議がいろんな省庁から、性懲りもなく来てるんですよ。試験の内容への介入が。まず、通産省から、『主婦検定試験の内容については、今後の情報化社会の進展に鑑み、中学校の男子技術科に情報基礎の内容も盛り込まれたことでもあるので、是非家庭の情報化、情報機器関連の出題を盛り込むようにお願いしたい』。法務省から、『現代の家庭における問題の一つには、家庭の主婦が法律をよく理解していないことからくる問題が大変多いと伺っている。主婦検定には、家庭と密接に関わる法律、特に憲法や民法の出題を盛り込まれたい。できれば、刑法や民事訴訟法や刑事訴訟法も出題して頂きたい』。さらに、建設省からは、『住居に関する出題の中には、われわれと密接に関連する建築基準法や都市計画法が出題されないと困る』。こっちは別に困りません。農林水産省からは『もっとお米を食べましょう。食管法堅持』。環境庁からは、『二十一世紀はさらに環境問題が深刻化することが考えられます。家庭の中から資源の節約、環境問題への配慮を訴える出題を切に期待します』。期待されてもねぇ。外務省からは、『国境のボーダーレス化、日本の国際化が進んでいる現在、主婦といえども国際問題に無関心ではいられません。是非、外務省のノウハウを生かして、外交関係の出題をさせて欲しい』。こういうのをアクロバチックな論理と言うのでしょう。最後に、沖縄開発庁から『沖縄はいいですよ。是非遊びに来て下さい』。以上です」

厚生官僚はここで一息をつくと、すっかりリラックスしたのか、お茶を飲み、ケーキをついた。彼が口を開いたのは、それから五分後だった。

「では、次に受験資格についてです。資格試験の受験資格の中には、その業についた実務を必要とするものがあります。例えば、公認会計士三次試験を受けるためには、二年間の実務経験を必要とします。調理士試験は飲食店で二年間修業をしなくてはなりません。主婦検定も、この試験の性格上、当然主婦としての実務経験を必要とします。主婦としての実務とは、やはり結婚していることですね。四級はいらないでしょう。厚生省としては、三級で一年、二級で三年、一級で十年というのを考えていますが、いかがでしょうか」「ちょっと待ってくれ」大蔵官僚がニヤニヤしながら言った「主夫というのもありかね」。厚生「そこで男女差別する訳にはいかないでしょう」。大蔵「そうすると、主婦および主夫検定としなくちゃならないんじゃないか」。厚生「保母試験だって、保母試験という名前ですが、保父でもいいわけです。いいじゃありませんか」。大蔵「ふーん。離婚したらどうすんの」。厚生「離婚した期間は、主婦ではありませんから、当然年数には含まれませんね。ただ、再婚した場合には、またその年数が付け加わるということでいいんじゃないですか。さらに特例措置についてです。資格の中には、ある資格を持っていると、他の資格も自動的に与えられるものがある。例えば、弁護士の資格は税理士、行政書士としても通用する。公認会計士は税理士の資格も与えられる。一部免除の例としては、司法試験に合格した者は、その科目についてはは公認会計士二次試験、不動産鑑定士二次試験が免除になるとか、特種情報処理技術者試験に合格したものは、中小企業診断士情報部門の情報技術に関する知識、情報システムに関する知識の試験が免除になる、などがあります」。ここで話を遮り、文部官僚が手を上げた「そんな一般論はもういいでしょう。われわれとしては、四年制大学の家政学部卒業生は、自動的に主婦検定四級の資格が与えられるとして頂きたい」。厚生官僚「しかし、家政学部の中には、被服学科とか調理学科とか住居学科とか分かれている。一律に四級を与えてしまうのはいかがなものか」。文部官僚「家政学部は学生の人気を失いつつある。ここで、そのくらいの特典を与えておきたい」。厚生官僚「それはやはりやりすぎで、被服学科は被服に関する基礎知識を、調理学科は調理に関する基礎知識を、住居学科は住居に関する基礎知識を免除する、その程度でよいのではないか」。この二人のやりとりは、あたかも国会の答弁のように、用意されてきた文書の棒読みであった。そこへ、お茶の水女子大学助教授が「そうすると、どこの大学の家政学部であっても、扱いは一律ということになるのですか」と尋ねた。厚生官僚は「ええ、そうです」と答える。御茶の水女子大助教授「でも、それはちょっと」。厚生官僚「は？」。御茶の水女子大助教授「私どもの大学と、そこら辺の大学を一律に扱うのは、ちょっと」。厚生官僚「それは、御茶の水女子大が一流大学というのは分かりますよ。しかし、そういう点で差別をするのも、ちょっと」。言い回しが伝染っている。御茶の水女子大助教授「確かに、大学で人間を差別してはいけませんよ。大妻や実践や共立といった、六本木のディスコや、ええと、ベイエリアじゃなくて、ウォーターフロントでしたかしら、そこのジュリアナTOKYOでお立ち台に上がるのを楽しみにしているような女子大生が過半を占めるような大学の家政学部でも、真面目な人がいるのは知っています。家政学部の出身であったら、一律に資格を与えるというのは、むしろそうした人に失礼なのではないかしら」。厚生官僚「おっしゃりたいことは分かりますが、でも、大学の成績や素行で差別するわけにもいかないでしょう。そういう例は他の資格にはないのですから」。御茶の水女子大助教授「そうですか……。私、何だか、今の男の子が可哀そうで」。和光大助教授「いいじゃありませんか。ディスコくらい行ったって。何が問題なんですか」。御茶の水女子大助教授「性病の問題や、ＡＩＤＳのこともあるし」。和光大助教授「それは問題のすりかえですよ」。御茶の水女子大助教授「でも、ＡＩＤＳになってからでは遅いのよ。若い命を落としてもいいんですか？」。和光大助教授「そんなにヒステリックに叫ばなくてもいいでしょうに」。厚生官僚「まあまあ、ではこの件は保留ということで。もう一つ、保母資格との関連があります。保母資格を有する者は、三級の育児に関する出題を免除にしろと、日本保母協会から申し入れがありましたが、いかがでしょうか。ご異議ありますか。ご異議なしと認めます。それから、建築士との関係です。日本女性建築士協会から、一級、二級の建築士資格を有する者は、四級、三級、二級それぞれの住居に関する出題を免除せよとの意見がありましたが、これもよろしいですね。もう一つ、日本インテリアコーディネート協会からも、同様の意見がありましたが、これもよろしいですね。また、調理関係では、調理士協会から、調理士資格保持者は四級、三級、二級の調理に関する試験を免除して欲しいとの要請、ご異議ありますか、ありませんね。では、これも認めさせて頂きます。ここで反対して、無用な圧力がかかるのもおもしろくありませんからね」

第六回の会合は、ここで終わりとなった。

第七回の会合も、従来通り、大手町合同庁舎第三号館七階の７３４会議室で行われた。委員たちもすっかり慣れ、もはや自分の家のようにくつろいでいる。

厚生官僚が挨拶する。「ええ、長らく続いてきましたこの準備委員会も、今回がおそらく最終回となります。お名残はつきないと思いますが（そんなことはないぞー、の声）、祇園精舎の鐘の声、諸業無常の響きあり、沙羅双樹の花の色、盛者必衰の理をあらわす。よどみにうかぶうたかたは、かつ消えかつ結びて、久しくとどまりたるためしなし。一つの扉が開けば一つの扉は閉まる。花に嵐のたとえもあるぞ、さよならだけが人生だ。山の端逃げて入れずもあらなん。始まりがあれば終わりもあるもの。今回残った議題は合格率や合格点です。国家試験の合格点は大体六割から七割です。中には運転免許のように九割という高い点が必要なのもありますが、大抵はそのくらいになるように調整しています。ただし、合格率は試験によって非常に異なります。司法試験は二パーセントくらい。弁理士試験も三パーセント程度。公認会計士試験は七パーセントくらいですが、近年合格者を増やしています。逆に、さきほどの運転免許は七割以上の人が合格しますし、やさしい国家試験も多い。平均合格率は、二〜三割でしょうか。また、等級を設けている試験は、大抵は下の級の合格率が高く、上の級の合格率が低くなっています。それも当然でしょう。ですから、この主婦検定も、だいたい合格点は六から七割、合格率は、四級は四割くらいで、三級は二割、二級は一割、一級は五パーセントくらいを目安に出題、採点、合格者決定を行う予定であります。御異議ございますか。

それから最後に、試験の実施機関として、日本主婦検定試験協会というのを設立する予定です。この名称についても、御異議ございますか。ございませんか。もちろん、厚生省の天下り先の一つとなる予定です（笑）。

では、最後に、みなさん一言ずつ、意見があったらどうぞ」

主婦連「わたくしのようなものを、このような権威ある会議に呼んでいただきまして、ありがとうございました。もちろん、細かい点にはいろいろと不満もございますが、主婦検定の成功を祈っております」

読売新聞論説委員「そうですね。来週の囲み記事にしようと思ってます、これを。おそらく、役所のみなさんはそれを期待してるでしょうから」

東大教授「私は特にありません」

文部官僚「厚生省は、天下り先と言われましたが、われわれも実はそれを期待しております。厚生省の半分とは言わないまでも、四分の一くらいのポストをですね、何とか一つ。まあこの場で言っても仕方がありませんな。今日はこのくらいで」
和光大助教授「私は、こんな抑圧的な制度には、この委員会の内部告発も含めて、これからも反対し続けるつもりです。みなさん、覚悟して下さいよ（笑い）」

かくして、第七回の会合も終了した。その一ヵ月後には、日本主婦検定試験協会が発足した。本部は八王子市。用地買収の困難さと、都心集中への批判をかわす狙いがあったものと見られる。そして第一回の主婦検定は、一九九×年十一月に実施された。受験者は、四級が三万八千七七八名、三級が二千五六六名、二級が三一三名、一級が四五名であった。合計は四万一千七〇二名で、厚生省の皮算用を大きく下回った。ちなみに、男性の受験者も一割弱おり、これは、厚生省の予想を大きく上回った。

同じ十二月末日、日本主婦検定協会は、合格者の発表を行った。四級が一万五千六七二名、三級が八九八名、二級が三〇名、一級が五名であった。最年少合格者は、桜蔭中学校一年生の、大崎静子ちゃん（十二歳）。お母さんのすすめで受験したという静子ちゃんは、新聞社のインタビューに答えてこう語っている。

新聞記者「おめでとうございます」

静子「ありがとうございます」
新聞記者「十二歳で最年少合格、すごいですね」
静子「大したことじゃありません。私、学校ではそんなに優等生じゃないし。ただ、まあお母さんが、受けてみたらというんで。けっこう好きなんですよ。料理とか裁縫とか」
新聞記者「どのくらい勉強しましたか」
静子「そうですね。調理を十七時間。被服を二十時間。苦手の住居は三十一時間かけました」
新聞記者「それは、計画を立ててた訳ですか」
静子「ええ、計画を立てないとダメな質なので」
新聞記者「将来は、やっぱり、いいお嫁さんになりたいですか」
静子「まだわかりませんね。今から将来のこととか決めたくありません」
新聞記者「ありがとうございました」

そしてしばらくはメディアで静子ちゃんブームが続いたが、大手商社に務める静子ちゃんの父親が、ほどなく報道に非協力的となり（出世に差し支えるためという）、このブームに便乗しようとしていた厚生省、および日本主婦検定試験協会は、アテが外れてしまった。そこで、最年長合格者（二級）の日高テルさんをメディアで売り込んだ。まだ化粧や洋服にも気を遣うという日高さんは、とても八十九歳には見えない。せいぜい八十六歳といったところである。だが、メディアはこれには食いつかず、せいぜい日曜日のニュースのひまネタに使ったくらいだった。焦った日本主婦検定試験協会は、翌年の三月には異例ともいうべき、資格試験のテレビＣＭに踏み切った。

パターン1

母（樹木希林）がテレビの前に寝転がって、大きなせんべいをぼりぼり食べている。時々テレビに合わせてゲラゲラ笑う。娘（牧瀬理穂）が学校から帰ってくる。

娘「ただいまー」

母「おかえり、ははは、ちょっとこれみてごらん、はははは」

娘「母さん、雨降ってるわよ。洗濯物いれた？」

母「いいじゃない、そんなこと」

娘「まだお昼の食器洗ってないの！」

母「忙しかったのよ。それより、これおもしろいわよ、はははは」

娘「（カメラに向かって）私、ああはなりたくない」

ナレーション「主婦のプロを目指そう。主婦検定」

パターン2

お見合い。若い男（唐沢俊明）と、年増の女（山本リンダ）とが、和卓に向かいあって正座している。背景は日本庭園。ししおどしが落ちる。

男「あの、スポーツは何か？」

女「私、できませーん」

男「そうですよね。おしとやかだから。お茶とか、お花とか、何かなさってたんでしょう？」

女「いいえ、何にも」

男「それじゃあ、英会話か情報処理でも？」

女「全くわかりませんわ」

男「そうですか」

女「ただ、一つだけ」

男「一つだけ？」

女「主婦検定を持ってますの」

男「（猛然と）結婚して下さい」

ナレーター「あなたの切り札、主婦検定」

このCMにも、差別的、女性蔑視的だとの批判が相次ぎ、厚生省および日本主婦検定協会は、一ヵ月で放送を中止せざるを得なかった。だが、皮肉なことに、それが「幻のCM」としての声価を高め、CMを録画したビデオが一本数千円でやりとりされる始末であった。また、実務教育出版、法学書院、自由国民社といったところが、相次いで主婦検定の対策試験問題集、参考書を発売した。

この効果もあり、翌年には受験者は十万人に増えた。さらに十五万人、二十万人と増えていった。そして現在（昨年の受験者は二十七万人であった）主婦検定がそれなりに嫁入り道具の一つとして、主婦の自己啓発の一つとして定着したことは、既に読者の方も知られていることだと思うので、ここでは詳説はしない。ただ、最近朝日新聞の「ひととき」欄に主婦検定に関して感動的な投書がたまたま載っていたので、それを転載してしめくくりとしたい。

主婦検定をめざして　　大宮市　匿名希望

先日、待望の合格通知が届きました。主婦検定一級の合格通知です。私は思わず、「ヤッター」と叫んでしまいました。ここまで来るのに、本当に長い道のりでした。

私が主婦検定を知ったのは、今から五年ほど前のことです。考えてみれば私はそれまで、目標を持って生きたことがなかったので、この試験を自分の目標にしようと思い、勉強を始めました。

ところが、勉強を始めてから、困ったことが起きました。夫が荒れ出したのです。夫も私も、特に学歴とは縁がない身ですから、夫にしてみれば、私が何か裏切りを働いているような気になったのかもしれません。主婦としての務めをおろそかにしては本末転倒なので、その上であいた時間で勉強をしていたつもりなのですが、夫は私が机に向かっていると「やめろ、そんな無駄なことは」「風呂場が汚れていた。ちゃんと洗え」「靴を磨け、靴を」「赤ん坊が泣いているぞ」などと難癖をつけるのです。しまいには暴力を振るうようになり、泣きながら二人の子供を抱いて実家へ逃げ帰ったこともありました。

そのうち、夫の酒量が増え、体に変調をきたし、病院に通院するようになりました。私は家計補助のためにパートに出なければならなくなり、ますます勉強どころではなくなってしまいました。そのうちに、試験の日（三級を受けました）が来てしまいました。もちろん不合格でした。

毎日の家事、子供の世話、夫の世話、全く疲れ果ててしまい、勉強を一分もできない日もありましたが、翌年、ようやく三級に合格できました。私は、うれしくてうれしくて涙が止まりませんでした。

ところがそれを夫に言うと、「そんなものが何の役に立つんだ」「ばかやろう」と言うばかりなのです。私は悲しくなりました。それでも、翌年の二級を目指して、少しずつでも勉強を続けました。

夫は、私といることがおもしろくなくなったのか、病弱の身にもかかわらず、他に女を作りました。バーのホステスをしている人でした。私は、夫がいないのは寂しいけれど、それでも、夫のいない間の方が勉強ができるということもあり、複雑な思いでした。

この年、二級に合格できました。きっと、神様が私をあわれに思って下さったのでしょう。そのうち夫は、私と別れたいと言い出しました。私はそれは困るといいました。主婦検定一級の受験資格には、結婚生活が十年以上という条件があるからです。私と夫は結婚して、八年と八ヵ月です。ここで別れてしまっては、受験資格がなくなってしまいます。私は夫に、それだけはやめてくれといいました。しかし夫は、そんな私の心を見抜いていたのか、「どうしても別れる。この家を出ていけ」と荒れ、私を殴りました。私は一心に耐え、二年後に備えて主婦検定一級の勉強をしました。それからの年月は、修羅場としか言いようがありません。夫は私を虐待するばかりでなく、子供にまで当たりちらしました。そんな中で、机に向かえる時間は本当に限られていました。

荒れた生活が災いしたのか、夫はついに入院することになりました。ホステスなど冷たいもので、夫が寝つくやいなや、自分から離れていきました。結局、私が最後まで夫の面倒を見ることになりました。夫も最後は、私に感謝する気持ちになったのか、「すまない、すまない」とばかり、うわごとのように繰り返していました。

そして、夫はついに帰らぬ人となりました。葬儀の際に計算してみると、困ったことに、私と夫の結婚生活は、結局九年と十ヵ月で終わってしまったのです。あと二ヵ月、誰かと結婚しないと、主婦検定一級を受験することができません。私はほうぼうに、縁談を紹介してくれるよう頼みました。

そしてめぐりあったのが、今の夫です。私としては、あまり気に入ったタイプではなかったのですが、子連れの三十女をもらってくれると言ったのは、今の夫だけでした。

今の夫は、ある意味では、前の夫よりも質(たち)が悪い人でした。暴力を振るったりはしませんが、要するに怠け者で、ギャンブル好きで、意地が悪いのです。自分で全く働かず、私がパーとで稼いだ生活費を、勝手に財布から抜いて、やれ競馬だ、競輪だ、競艇だと言って使ってしまいます。それで、勝つことは滅多になく、ほとんどいつもすっからかんで戻ってきました。たまに勝った時は、自分ばかり高い酒を飲んできました。結局、私が一人で稼ぐよりも、生活は悪くなりました。お金のかかる悪ガキをもう一人抱えたようなものです。

それでも、主婦検定の受験資格を手放すわけにはいきません。私は耐え、二ヵ月が過ぎ、受験資格を手に入れました。今年のことです。そして、一回で、念願の一級主婦検定の合格証書を手にすることができたのです。

私は、すぐに今の夫と別れるつもりです。そして、主婦検定の一級を武器にして、より私にふさわしい人と結婚したいと思っています。

動揺

三室戸めぐみ、という名前を見た時、神田徹彦はひどく動揺した。これは理恵子の娘ではないのか。三室戸なんていう名字がそうザラにある筈はない。理恵子が三室戸という男と結婚したのは、もう二十年も前のことだ。十八になる娘がいても、まったくおかしくはない。むしろ、結婚して二年目に生まれた子がいるのは、自然すぎる位だ。

神田は、いてもたってもいられなくなった。洋書で埋まった研究室を出ると、一目散に事務室へと向かう。だが、こんなに急いでは怪しまれる。落ち着かなければ。神田は歩をわざと遅くした。深呼吸する。あわてることはない。学籍簿は逃げはしない。

湯浅理恵子と神田徹彦は、高校の同級生だった。高校は都立のそれなりの進学校で、これといった特徴はない。あったのかもしれないが、神田は特に印象に残っていなかった。とにかく神田は、現役で入ろうと、勉強ばかりしていた。周りから見ると、神田の方が異常に見えていたように思う。周囲はみな、浪人は当然、という顔をしており、何としても現役で受かろうと思っていた人間は、むしろ少数派だった。

神田が浪人する訳にいかなかったのは、家庭の事情だった。一人息子の神田が生まれた時、晩婚だった父は既に五十近く、高校生の時には、既に定年を迎えていた。となれば、早く働かなくてはならない。友人は、家庭に余裕のある連中が多く、顔にはあまり出さなかったが、浪人を当然の権利のように考え、なりふり構わず猛勉強する神田をバカにしたような目で見ている友人を、心のどこかで恨んでもいた。それは、恵まれた人間のみに可能なことである。僕は君たちとは違うのだ。どうして分かってくれないのか。

思い起こしてみれば、湯浅理恵子はその頃から、かなり美しくなる素質を秘めた顔立ちだった。だが、神田は、勉強に夢中で、そんなことに構ってはいられなかった。

神田が理恵子を気にするようになったのは、首尾よく外語大の英米科に現役で受かってからである。大学に入ってからも勉強しようと思っていた神田だったが、さすがに一年目は気が抜けていた。そんな時、高校のクラス会の通知が来た。神田は迷わず、出席することにした。

クラス会の出席率は悪かった。クラスの七割を占める浪人生は、さすがにあまり来なかったのである。浪人なのに来ていたのは、もう箸にも棒にもかからないような連中ばかりだった。この時神田は、優越感を感じた。自分をバカにした罰だと思った。むしろ、数の上では少ない筈の女子の方が出席者が多いくらいだった。

湯浅理恵子も来ていた。理恵子は、現役である女子大に入っていた。神田が理恵子の美しさに本当に気付いたのは、その時が初めてと言っていいだろう。長い髪の毛はつややかに輝き、大きな眼、筋の通った鼻、そして小さめの口に真っ白な歯がのぞいている。大学に入って化粧の仕方を覚えてから、理恵子の美しさは際立っていた。たまたま席が近くになったという偶然を利用して、神田は盛んに理恵子に話しかけた。最近見た映画の話、芝居の話、本の話、美術の話。どれも受け売りの、浅薄な知識だったのだけれど、理恵子の方も熱心に相槌を打ってくれていた。

翌日、神田は理恵子に電話をして、デートに誘った。初めてのデートは砧（きぬた）公園だった。砧公園は、昔ゴルフ場だったところで、敷地はかなり広い。そこを二人で、ゆっくりと歩いた。秋の日差しが照りつけ、芝生は緑色に輝いていた。

それからと言うもの二人は、試験等で忙しい時を除くと、月に一度くらい会っていた。公園を歩いたり、喫茶店で紅茶を飲んだり、展覧会を回ったり、映画を見たり、そんなことしかしなかったが、神田は満足していた。

神田は優秀な成績を収めた。周りが遊んでいる間に、着々と学習を進めていた。教授が、大学院に進学することを勧めた。神田は迷った。すぐに中学か高校の英語の教師になろうと思っていたのである。教授は、大学院に進学すれば奨学金が出るので、金の心配はないと言う。学費については、もともと神田は免除されていた。そのころ既に病床についていた父に相談すると、父は進学しろと言う。自分も昔大学院に進みたかったが進めなかった。少しでも高い学歴をつけた方がよい。母は、あなたの好きなようにしなさい、と言った。そして神田は、進学することに決めた。

理恵子とのつきあいも、そのまま細々とではあるが続いていた。神田にしても男である。何度か、このまま理恵子を抱いてしまったら、と夢想することがあった。だが、どうしても勇気がでなかった。一度、手をギュッと握ったことがある。理恵子はにこにこしながら、

「あら、ダメよ」

と、諭すように手をふりほどいた。神田は、それ以上のことはできなかった。

神田は卒業すると、予定通り修士課程に進み、同じ時に卒業した理恵子は、中堅商社にOLとして入社した。その頃から理恵子は、神田の誘いを断ることが多くなった。

「ごめんなさい。今仕事が忙しいの」

忙しいものか、僕の方だって一日十二時間以上机に向かっている。OLの仕事など、お茶くみやコピーとりか、あるいはせいぜい書類作りか受付で、働いているとは言えないだろう。そんな誰もができるような仕事に、力を入れなくてもいいじゃないか。神田は一度、そういう意味のことを言った。理恵子は、あなたには分かってないのね、と答えただけだった。修士の二年目に入り、論文に本腰を入れなければならなくなった時、神田は半ば強引に理恵子

を呼び出した。

「君はぼくのことをどう思っているんだい」

「いい人だと思っているわ」

「結婚を前提に、つきあってくれないか」

「結婚？　神田さんと私が？」

理恵子はしばらく黙っていたが、やがて重い口を開いた。

「それは、できないわ」

「どうして、どうしてできないんだい」

「ごめんなさい。神田さんはいい人だわ。いろいろ教えてももらったし。でも、ずっと一緒にいたら、あなたはきっと私に愛想をつかしてしまうと思う」

「そんなことはないさ」

「気が重いの。あなたは私を、美化していると思う。私はそんな立派な人間じゃないのよ」

「別に美化しちゃいない。僕は君を理解してると思うよ」

「そうかな。でも、結婚は無理よ」

「僕のどこがいけないんだ。貧しいからか」

「誤解しないで。そんなことじゃないの。ずっとあなたと一緒にいたら、私、きっと息が詰まってしまう。あ、ごめんなさい。あなたには、あなたにあった人がいると思う。どこかにいると思う。だから、もう、これで最後にしましょ」

「もう会ってくれないと言うのか」

「これ以上会っても、二人のためにならない。じゃあ、お別れに握手しましょうか」

理恵子は手を伸ばした。神田は手を握った。

「それじゃあ、さよなら」

理恵子の目から、涙がこぼれていた。神田は、なすすべもなく、そこに立ち尽くしていた。理恵子は手を放すと、駅の方へ駆けていった。


神田は理恵子を忘れ去ろうとするように、論文に没頭した。修士論文の提出後、神田は教授にこう言われた。

「どうするかね神田君、博士課程に進学してもいいし、このまま就職してもいい。ある女子大から一つ、英語の専任講師の求人が来ているんだ。私としては、君を推薦しようかと思っている」

「是非お受けいたします」

それはたまたま、理恵子の卒業した女子大だった。そのためという訳ではなかったが、神田は、教授の好意に甘え、その女子大に就職することにした。

就職してしばらくすると、父が亡くなった。母もすでに病を得ており、神田が一人で葬儀を切り回さなければならず、心労がかさんだ。父の生前の友人は少なく、自宅で行った葬儀は寂しいものだった。香典返しの手配も一段落ついた頃、神田は、理恵子から結婚式の招待状を受け取った。その結婚の相手が、三室戸という男だった。神田は迷った末、式には出ないことにした。理恵子が遠い人になってしまうのを、自分の目で確かめたくはなかったのである。ただ、式が終わるとやはり気になって、出席した友人に、三室戸がどんな男なのか、電話で尋ねた。友人の答えを総合すると、こんな風になる。幼稚舎から大学まで慶応ボーイで、父親のコネでテレビ局に入り、ドラマのプロデューサーをしている。結婚式にはずいぶんとスターが来ていて華やかだった。年は理恵子より、十歳近くも年上だ。四角い顔で、美男子とはほど遠い男だが、いつも笑っていて、明るそうな感じはする。大学時代はボート部だったそうで、体つきはがっしりしている。ところで神田の顔は、逆三角形でほほがこけており、よく目つきが鋭いと言われる。体もあばら骨が出るほどやせている。つまり、ほとんど神田とは対極にいる男だった。

その年の終わりには、おそらく新婚旅行で撮ったのだろう写真が、絵葉書の形で送られてきた。三室戸のイメージは友人の語った通りであったが、その横で理恵子がニコニコしているのが耐えられなかった。名前が、三室戸理恵子（旧姓湯浅）となっているのも、神田の心を掻き乱した。

　神田は、その葉書を、破り捨てた。


　それから、神田の時間は、矢のように速く流れていった。給料が毎月キチンキチンと入るとなると、神田の向学心も若い頃のようではなくなり、大学で与えられた仕事はソツなくこなしているものの、論文を書くのも年に一度、大学の紀要に発表するだけとなった。母は、父の亡くなった三年後に亡くなった。まだ母は六十そこそこで、この高齢化時代にずいぶんと若い方だったが、苦労が多かった分すっかり老けこんでおり、七十代にも見えた。

　母が亡くなって、一人っ子だった神田はさらに寂しい境遇となったが、裏を返すと自由にもなった。酒の量が増えた。煙草も吸うようになった。この両方とも、母の前では何となく遠慮していたのである。人並みにテレビも見るようになった。いやむしろ、自由時間が多い分、人並以上だったかもしれない。さらに、性欲を感じた時には、春を売る店へいったり、バーのホステスと寝たりもした。大学教授の給料は高くはない。学齢期の子供や老いた両親を抱えた同僚は、やりくりに苦労していたが、家族のない神田には、多少遊んでも余るくらいだった。放蕩と言うほどのことでもないが、もし高校生の頃の神田が見たら、目を丸くして、これが自分の筈はない、と弾劾したかもしれない。
時は過ぎ、神田は助教授となり、二年前には押しも押されもせぬ教授となった。年齢は今年で四十五歳である。例年のように入試が行われ、新入生が入ってくる。神田は、自分の所属する英文科の生徒については、どんな学生が入ってくるのか、新学期の前に一応目を通しておくのが通例だった。そして、今年は、その二百人の名前の中に、「三室戸めぐみ」という名前を見つけたのである。

神田はいまだに独身である。学部長や同僚が、見合いの話を持ってきてくれたこともあったが、何かと難癖をつけては断ってしまった。それも、今にして思えば、湯浅理恵子のおもかげをひきずっていたからかもしれない。もし、今自分の目の前に、あの頃の理恵子にそっくりな娘が現れたら、と神田は自問する。俺は自分を抑えられるだろうか。神田自身はそうした行為を行ったことはなかったが、その気になれば教授が学生と寝るのは難しいことではない。事実同僚の中には、単位を口実にして、何人もの学生を愛人にしているのがいるらしい。それを自分は、しないと断言できるか。ああ、理恵子、僕は何度君の夢を見たことだろう、君の肌を抱きたいと思ったろう、理恵子。君と一緒のベッドで眠れたら、と一緒に食事ができたら、君と一緒に風呂に入れたら、君と一緒に歯をみがき、顔を洗い、子供の面倒を見、たまには遊びに行き、そんな生活を、何度願ったことだろう、理恵子。神田は、我に返った。今、某女子大学英文科教授の神田徹彦は、事務室の前で深呼吸をしている。もう呼吸は整った。神田は、心の中を悟られないように、何気ない風を装って、勝手知ったる事務室へと入ったいった。

「あ、神田先生、おはようございます」と、顔見知りの中年の事務官である細川女史が話しかけてきた。

「今年の新入生の、学籍簿を見せてもらいたいんだが」

「はい」事務官は席を立つと、青いファイルを持ってきた。「どうします、ここでご覧になりますか。それとも、研究室へ持っていかれますか」

「うーん」神田は迷った。できればゆっくり部屋で見たいが、怪しまれないだろうか。だが、ここで多勢の事務員の前でファイルを繰るのも、何となく気づまりではある。別に部屋に持っていったからって、その位のことは大したことではないだろう。事務室の書類を研究室に持っていくのは、よくあることだ。持っていくことにしよう。

「じゃあ、ちょっと貸してくれるかな」

「はいはい。今日中には、返して下さいね」

「なに、すぐ終わるよ」

今の発言はまずかったか、と神田は思った。すぐ終わるのなら、ここで見ていけばいいのに、と事務員たちが思うかもしれない。だが、女事務官はまったくそんなことは思っていないようで、

「神田先生、熱心ですね」

と言った。

「ああ、まあね」

私のすることを全部悟っていて、皮肉を言っているのではあるまいな。いや、あの表情からすると、皮肉ではなく、単に軽い気持ちで言っているのだろう。となると、普通に応対すればいいことになる。神田は素早くここまで考えると、「やっぱり、家庭環境とか、出身地とか、いろいろ、指導する点で役にたつことがあるから、ちょっと目を通しておこうと思って」

「お嫁さんもそのくらい熱心に探せば、きっと見つかるのに」細川女史は笑っている。

「はは」神田はあいまいに笑うと、ファイルを持って事務室を出た。

研究室でファイルをめくる。は、ひ、ふ、へ、ほ、ま、み、三上、三田、三室戸、あった、三室戸。

三室戸　弘　　五十三歳　慶応経済卒　関東テレビ勤務
　理恵子　四十五歳　○○女子大卒　主婦
　めぐみ　　十八歳　○○女子大
　洋介　　　十六歳　高校生

　やはりそうであった。三室戸めぐみは、理恵子の娘であった。

　光陰矢の如しという。あれよあれよと言う間に、新学期が始まった。神田は自分の演習を開講するのに、ひどく緊張した。三室戸めぐみが来ていたら、どうする。昔の理恵子によく似た娘が、自分のゼミに入ってきたら、ひょっとして、理性を失って、恋に落ちてしまうのではないか。ああ、理恵子よ。君は僕がここで教授をしているのを、知らないのか。いや、知らない筈はない。確か、知らせた筈だ。それとも、ひょっとして、理恵子が自分と娘との恋愛を望んでいるのではないか。失ってしまった青春を取り戻すために。理恵子、僕たちの間に、本当の青春はあったろうか。

　神田は最初の授業で、集まった二十人ほどの生徒の顔を眺めた。男の常として、つい美しい女性に目が行ってしまう。あのショートヘアの新入生は、どこか理恵子のおもかげがある。あれが三室戸めぐみではないか。いや、その隣の子の方が似ているかもしれない。いや、ここには来ていないのか。神田は、慣れた口振りで自分の専門であるイギリス近代文学の概観を講義しながら、心はほとんど上の空だった。

チャイムが鳴る。

「では、来週から受講しようと言う人は、聴講カードを出して下さい」

十数人の女子学生が、鉛筆やらペンやらでカードを記入すると、教壇に聴講カードを提出に来た。神田は、学生の顔ばかり見ていた。提出が終わると、持ってきた洋書を小脇に抱え、一目散に研究室に戻った。鍵をかけた。ポケットから、聴講カードを取り出す。今村秀子、阿部弘美、渡辺未来、漆原知恵、工藤秀子、重田ひろみ、佐藤敏子、高田くみ子、三室戸めぐみ、三室戸めぐみ!。やはり来ていた! いったい、どの娘だったんだ。美しい子は何人もいた。理恵子、君は娘が僕のゼミに来たのを知っているのかい。それとも、君が差し向けたのかい。君は、僕が娘と過ちを犯すことを、密かに期待しているのか。

それから一週間というもの、神田はなかなか寝つけなかった。寝ついたら寝ついたで、夢に見るのは理恵子のことばかりだった。理恵子が逃げる。追い掛ける。肩に手をかけて振り向かせる。理恵子は微笑む。口づけをする。「愛している」。「愛している」。理恵子は逃げる。

腕から逃げて行く。逃げる時に、首に巻いたオレンジ色のスカーフが、風でほどける。スカーフは長い。まるで新体操のリボンのように、いつまでもいつまでも伸び続ける。そして、神田の首に巻きついてしめあげる。ぎゃー。神田は目をさます。

一週間、こんな夢ばかり見ていた。

翌週になり、演習の時間が来た。既に事務が出席簿を作ってくれていた。神田は眺めた。三室戸めぐみは、下から二人目である。まさか、最初の授業で、後ろから出席を取る訳にもいくまい。前からか。

「じゃあ、出席をとります。阿部弘美くん」

「はい」

「今村秀子くん」

「はい」

神田は、返事をする女子学生の顔を凝視していた。どれが理恵子の娘なんだ。あの子か、この子か。

「漆原知恵くん」

「はい」

神田が、最も理恵子に似ていると思った学生が返事をした。そうすると、大きな辞書を机の上に出して笑っている長髪の娘か、それとも、さっきまで隣の娘とおしゃべりをしていた、ピンクのワンピースのあの娘か。


「工藤秀子くん」

「はい」

「佐藤敏子くん」

「はい」

「重田ひろみくん」

「はあい、センセ」ピンクのワンピースの娘が返事をした。となると、残った候補は、大きな辞書の長髪か。いや待てよ、教室の一番隅に、おとなしそうに座っている背の小さい娘がいる。よく見ると、理恵子に似ているような気がする。

「高田くみ子くん」

「はい」

「中西和子くん」

「はい」返事をしたのは、教室の隅の背の小さい娘だ。となると、やっぱり辞書を出している娘の方か。

「林野佳子くん」

「はい」

「久田みずほくん」

「はい」これが、辞書を出している長髪の娘の返事だった。おかしい。とすると、三室戸めぐみはいったいどれなんだ。

「深沢今日子くん」

「はい」

「三室戸めぐみくん」

「はい」野太い声がした。その娘は、神田が無意識のうちに、見ないように見ないようにとしていた娘だった。太くてずん胴の胴体の上に、エラの張った四角い顔、鼻の頭の大きなホクロ。そうだ。誰かに似ていると思ったが、葉書で見た三室戸弘の顔にほとんど生き写しではないか。理恵子の生んだ娘がこんな顔だったとは。これでは危機などは起こりそうにない。

「先生」

「ん、何だ」

「私まだ名前を呼ばれてません」

「あ、そうか、渡辺未来くん」

「はい」

「これで全員だね。みんな、テキストは買ったかな。何だ、半分くらいか。じゃあ、今日は雑談にしよう。みなさんは、イギリス文学と言うと、誰を思い浮かべるかな。じゃあ、一人ずつ、言ってみて。シェークスピア、なるほど。他には？　クリスティ。あ、まあそうだね。ルイス・キャロル。ディケンズ、なるほど。まあ、そんなのものか……」


そんなこんなで、神田徹彦は平穏無事に日々を過ごしていたが、ある日ゼミが終わると、三室戸めぐみが、吉本のお笑いタレントのような笑顔を浮かべながら近寄ってきて、

「センセイ、私のお母さん知ってるんでしょ」

とダミ声で言った。

「キミのお母さん？　いや、知らないよ」神田はとぼけた。

「私のお母さんは、旧姓は湯浅、湯浅理恵子。思い出した？」

「ああ、湯浅君か。高校の同級生だったな」

「お母さんが、私がお世話になっているから、一回お礼がしたいって言ってたわ。一回会ってやってちょうだいよ」

「ああ、そうか。分かった」

「じゃあ、今日中に母の方から電話すると思います。センセイ、まだ独身なんですってね。母のことが忘れられないの？」

こんな娘から言われたくない。

「いや、そういう訳じゃないんだよ」

「あーやしい」どつかれた。痩身の神田はよろめいた。


しかし、理恵子はどういうつもりなんだろう。やはり亭主との家庭に満足していないのか。テレビのプロデューサーは、忙しいらしい。おそらく構ってもらっていないのだろう。セックスも少ないのではないか。いや、それ以前に、すっかり愛情が冷めているのではないか。美貌の人妻との、一夜の恋。わがままに慣れた今の若い娘などよりずっとよいかもしれない。研究室に戻ってからも、神田の心臓は早鐘を打っていた。いや、しかし、こんなことをしていいのか。あの娘からスキャンダルがばれたら。俺はそんなへまはしないし、理恵子も隠すだろう。

時間が経つのが遅く、もどかしかった。夕方に、神田は理恵子の家に電話した。

「三室戸でございます」

「あ、理恵子、さん。久しぶり。神田です」

「まあ、神田さん。娘から聞いたんですね。いつも御世話になっております。お変わりありませんこと」

「ええ、ないですよ」

「そうそう、今日は主人も泊りだし、どこかにパアッと飲みに行きません？　積もる話もあるでしょうし」

「そうですね」

中年の二人の決定は早かった。神田は、理恵子に指定されたバーで待っていた。約束の時間は八時。理恵子は現れない。

八時五分頃、太った中年女が入ってきた。

「神田さん。お変わりありませんね」

神田はまじまじと、女の顔を見つめた。確かによく見ると、理恵子の面影があった。しかし、頬には厚く脂肪が張り、目尻には皺がより、笑った口から、銀歯が何本ものぞいた。でも、確かに、理恵子だった。理恵子だと分かった。

「ああ、理恵子さん。あなたも、いつまでもおきれいで」

全くのお世辞だった。危険など感じていたら、こんなお世辞はでなかったろう。要するに、神田にとって、何の魅力も感じない肉体だった。

「あれから二十年、どうでした」

「あっと言う間だったね」

話は弾んだ。理恵子はころころとよく笑い、笑うたびに銀歯がのぞいた。そして、またたく間に時が過ぎ、理恵子は終電に間に合うように帰っていった。俺の動揺は、全く空虚なものだった。しかし人生、何もないよりは動揺でもあった方がよいのではないか。とすると、動揺を与えてくれたあの母娘に、感謝すべきなのかもしれない。神田は帰りのタクシーの中で、目をとじながら、そんなことを考えた。

子捨て船

半ば予想していたことではあったが、船着き場にようやくたどりついた時には、既に陽はとっぷりと暮れており、川面は黒を基調とした濃緑色にゆらめいていた。小石を投げ込むと、どこまでもどこまでも、地球の裏側までも落ちていきそうな黒さだった。赤子を背負ったおぶいひもが肩に食い込んで、かすかに痛む。駐車場からここまでの、林の中の小一時間の道のりのあいだ、私も、妻も、ほとんど無言で、かける言葉といったら、「疲れた?」とか、「あとどのくらいだったかな」とか、「駐車場の車は二十台ぐらいだったから、きっとそのくらいの家族が来ているのね」とか、そんな二言三言だけだった。

われわれを待っていた豪華客船の「フューチャー」は、赤と白の縦縞模様が特徴で、まるで町内会の祭りの垂れ幕のようである。最近塗り変えたのか、それとも新しく同じ船を作ったのか、二年前と比べても、古くなっていないように見えた。

客船の横腹には、扉が開いており、そこへ向かって鉄の階段が鎖で吊られている。水面の動きにつれて揺れるその階段に、私たちは慎重に足をかけた。段には滑り防止のために、細かな斜め十字模様が浮き出しになっている。その十字の一つ一つが、私たちの罪の象徴のように思えて、靴底にそれを感じるたび、切ない思いに捕らわれた。

　階段をのぼりきって船体に入ると、左手に受付があり、黒い背広に白いネクタイを締めた太った男が一人、われわれに対して深々と一礼した後、

「整理番号は何番でしょうか？」と声をかけた。私は番号を忘れてしまったので、妻に、封筒を出すように目で合図をした。妻はハンドバッグから、小刻みに震える手でそれを取り出し、中身を私と男に見せた。十七番だった。

「それでは、客室十七号にお入り下さい。儀式はあと十五分ほどで始まりますので、それまでお部屋でお待ち下さい」と男は言うと、部屋の方向を指さした。

　部屋は番号順に並んでいたので、客室十七号はすぐに見つかった。窓際に廊下がついた六畳の和室で、これも二年前と同じだった。もっとも、二年前に何番の客室に入ったのかは覚えていないが、要するに同じような造りだった。窓ははめこみ式で開かない小さな丸窓である。シャンデリアが豪華なのが和室に不似合いだった。

　私はやれやれと座蒲団を出して座りこみ、妻も座らせた。そして、背中のおぶっていた生後半年の息子をおろした。息子は何も知らないで笑っていたが、その中にひきつりのような表情が見えたのは、私の気のせいだろうか。さきほど車の中で替えたオムツは、まだ湿ってはいない。ともあれ、一応肩の荷がおりた私は、丸窓から外をのぞいてみたが、もう暗くな

っていたため、暗い川面がゆらめいているばかりだった。

妻が畳をなでながらすすり泣きを始めた。私は妻の肩を抱いて、そのままじっとしていた。息子は眠っていた。


どのくらいたったろう。中年の女性の声で船内放送が流れてきた。

「遠い所よりお越しの皆様、たいへんお待たせいたしました。ただいまより、儀式を取り行いますので、中央大ホールにお集まり下さいませ」

私は息子を再び背中におぶると、妻を促して、客室を出た。廊下には既に数組の家族が、いずれも快活とは言えない顔つきでホールへ向かって歩いていたので、その動きについていけばよかった。

ホールは普通の旅館の大広間程度の広さはあった。全面が曼陀羅模様の鮮やかな絨毯敷きで、靴を脱いでから上がるようになっていた。そうこうするうち、全部の家族が揃ったらしく、入ってくる人の列が途絶えた。三十組あまりの夫婦と、子供がいた。子供はほとんどが乳呑み子であったが、ところどころに幼児がいたり、もっと大きな子供もたまにいた。

中年で、中肉中背、銀ふちの眼鏡をかけてタキシードを着た進行役らしき男が現れ、マイクの前に立った。二年前に来た時とは、確か別の男である。

「お待たせいたしました。それでは、おごそかに、儀式を始めたいと思います。まずは、わらでいかだを編んでいただきます。この上に、愛するお子様を載せるわけですから、お子様のお体に合わせて、編んで下さい。編み方は、今からお手元にお配りするマニュアルに細かく書いてございます。ある程度こちらで太い縄にしてありますので、およそ、三十分くらいで完成するかと思います。もし、うまくできない場合には、インストラクターを三人用意しておりますので、この、緑のジャケットを着た女性三人が、インストラクターでございますので、近くに参りました時に、お気軽に声をかけて呼びとめて下さい。それでは、これから、わらを配ります」

スタッフがわら縄と、編み方のマニュアルを配り始めた。われわれの所にも配られ、さっそく妻と共にいかだを編むことにした。二度目であるので、しばらくたつと、段々と編み方を思い出してきて、順調にことが進んできて、歌い出したくなるほどだった。ところで、われわれのすぐ隣で編んでいるのは、もはや初老とも言っていい程の年の男と、苦労のためか男よりもさらに老けて見えるその妻だった。男の額にはくっきりと四本の皺が刻まれ、老眼鏡の中の瞳はしょぼついていた。その妻に到っては、びくびくして生きるうちに、すっかり精神的に縮こまってしまった人、という印象が強かった。われわれの夫婦のような三十代が中心のこの集団の中では彼らはおそらく間違いなく最年長であり、それだけでも目立っていたが、さらに異様なことに、ほとんどの夫婦が乳呑み子を連れている中で、彼らは二十歳過ぎにしか見えない息子を、縛り上げて連れて来ていた。私も人並みには好奇心のある方だから、どのような事情があるのか聞いてみたいと思ったが、露骨に聞くのも何となく申し訳なく、チラチラと横目で伺っていたところ、私の視線に気付いてのことか、単に疲れたためかは分からないが、男はふと縄を編む手を休めて、私に話しかけてきた。

「こんな大きな息子を捨てるなんて、変なことだとお思いでしょう？」

「いえ、人にはそれぞれ事情がありますから」

「ええ、その通り、事情があるんです。以前は、戸塚ヨットスクールや風の子学園の事件を聞いても、われわれには関係ないことだと思っていたのですよ、息子は、優しくて、優等生でしたからね。ですが、大学入試に失敗してから、状況が変わりました。おとなしかった筈の息子が、やたらに家の物を壊すようになったのですよ。もちろん、私も最初は厳しく叱りました。ですが、まったく効果がなく、むしろ叱れば叱るほど、息子は高価なものを壊すようになったのです。私は困惑して、今度は息子に優しく接しました。すると息子はつけ上がって、またしても効果は上がりませんでした。おとなしく勉強している時もあり、そういう時には一息つけるのですが、いつまた物を壊すかしれず、われわれは脅えていました。この子には年の離れた会社員の兄、われわれにとっては長男ですが、兄がいて、最初は同居しており、この兄も初めはいろいろと叱ったりしていたのですが、だんだんうるさがって、自分一人で下宿するようになりました。われわれは、頼りにしていた長男にも去られ、力の衰えてきたわれわれだけで、対処するより仕方なかったのです。そのうちまた、受験シーズンがめぐってきました。息子はしばらくはおとなしくしており、今度は第一志望ではないにしろ、いくつかの大学に合格し、そのうちの一つに四月から通い始めたのです。入学してしばらく、息子は平穏に過ごしており、あれはやはり一過性の反抗期であったのだと、私たちはほっと胸を撫で下ろしました。

ところがです、しばらくたつと、今度は息子は私たちに対しても暴力を振るうようになったのです。私に対してならまだいい。五十代といっても体力には自信があるし、多少殴られてもへこたれないだけの根性は、これまでの会社生活でつけてきたつもりです。でも、私のいない時に妻を殴るのは許せない。この前など、熱湯を妻にかけたのです。お前、あれを見せなさい」

男の妻は、黙ってうなずくと、ベージュ色のブラウスのボタンを一つ一つゆっくりと外し、スリップをめくりあげて、胸部と腹部を黙って露出した。既に垂れている乳房の間に、太い曲線状のケロイドが、まるで蛇のように這っていた。彼女は私たちの驚いた顔に満足したのか、また静かに衣服を直した。

「こういうことです。あなた方は、どういう理由ですかな。みたところ、可愛らしいお子さんに見受けられるが」

男はまるで勝ち誇ったような顔で尋ねてきた。私は小さい声で答えた。

「一番大きな理由は、一歳時の脳の検査で、多少の異常が認められたことです。それ以上詳しいことは、先生も教えて下さいませんでした。私たちも迷ったのですが、まだ若いし、知恵が遅れるかもしれない子供を育てることを考えると、この子を流して、もう一人、作ってみようと思ったのです。実は、二年前にも、一度流しているので、悩んだことは悩んだのですが」

「そうですか、二度目ですか。それはそれは」

「あ、お前、あれを見せなさい」

私は男の真似をして妻に命じた。妻はうなずくとブラウスを脱いで、ブラジャーを取り、張りのある乳房を露出した。

「ごらんの通り、妻の体はまだ張りがあり、あと三人くらいは生めると、私は考えています」

「そうですか、そうでしょうな」

初老の男は、しげしげと妻の体を眺めた。が、そんな自分の仕種を恥じるように、話を止め、縄を編む仕事に戻り、私たちもそうした。ほどなく、私たちのいかだは完成した。二度目であるし、子供も小さい。初老の夫婦はなかなか難航していた。なにしろ成人した息子を載せなくてはならないのだから大変である。私たちはあのような大きな子を捨てないで済む幸運に、胸をなでおろした。「手伝いましょうか?」と声をかけたが、
「いえ、これは親の役目となっているので」と男は拒絶した。

隣の夫婦がまだいかだを完成させないうちに、進行役がマイクを握り、「いかがでしょうか、そろそろ完成されたでしょうか。まだの方、手を挙げて下さい」としゃべった。手を挙げたのは、隣の夫婦だけだった。「では、もう少しお待ちしましょう」と進行役は言ったが、隣の夫婦はそれから、他の数十組の何気ない視線を受けることになった。

ようやく完成したのを見計らい、進行役が再びマイクを握った。

「皆様完成されたようですので、いよいよ流しましょう。まずお子様をいかだに載せて、このロープで落ちないように、軽く縛って下さい。よろしいですか。それから、声を上げると面倒なので、口にタオルで猿ぐつわをかませてください。よろしいですか。できない方は、手を挙げてインストラクターにお尋ね下さい。いかがでしょうか、準備できましたでしょうか。まだの所は、手を挙げて下さい。よろしいですね。そしたら皆様が各自で用意されてきたものを、お人形ですとか、おもちゃですとか、折り鶴ですとか、詰めて下さい。もし、用

意されていない御家族がございましたら、標準的なセットを、ここに用意してございますので、それをお使い下さい。冥土へのお土産ですから、なるべくいろいろなものを、持たせてあげて下さい。よろしいでしょうか。それではこれから、船を出航させて、川の中心へゆっくりと向かいます。所要時間は約十分間です。その間に、いかだを持って、お子様を流す『流し口』に移動いたしましょう。よろしいですか」

私たちはそれぞれ、進行役の男のあとについて、ホールを出た。息子を載せたいかだは、私が持った。船が鈍い音で汽笛を上げた。錨が外される音が聞こえるような気がしたが、ひょっとするとただの錯覚かもしれない。船の向きがゆっくりと、流れに水平の方向から、垂直の方向へと変わっていった。が、揺れはほとんどなく、静かだった。

一行は『流し口』に到着した。『流し口』というのは、特にこの儀式のために設けられた特別の施設で、簡単に言えば樋（とい）、あるいは上開きの水管の入り口である。この水管には川からポンプで汲み上げた水が流れており、『流し口』から子供を載せたいかだを置くと、いかだはゆっくりと船内を斜め下に流れてゆき、窓の一ヶ所を通って船外を出、さらに水管は船の外壁に沿って作ってあるので、いかだは静かに水面に達する。進行役の男が、ここではマイクを使えないのか、大きな地声を出した。

「着きました。ここからお子様を流して頂きます。では、順番に、整理番号一番の方から、どうぞ」。

まだ二十代半ばと思える若い夫婦が、真っ赤な帽子をかぶった赤ん坊をいかだにのせ、腰の高さの流し口に載せた。だが、手を放すのをためらっていた。妻の側が、「あなた、やめましょう、やっぱり」と言った。夫もためらっていた。だが、首を横に振った。二人は手を放した。いかだは水管の上を流れ、窓から外へ出た。そこから先のことはここでは分からない。

夫婦はその場に泣き崩れた。もらい泣きする声もあった。

「お名残惜しいとは思いますが、順番ですので、次の、二番の方、どうぞ」

進行役は慣れているのか、淡々と事務的にことを進める。そのうち、家族の側は自発的に、番号通りに一列に並んでいた。

私たちの前の夫婦は、十歳くらいの目のくりくりした痩せた女の子を、縛っていかだにのせていた。回りにはお人形とそのお洋服がいっぱいである。私は思わず
「かわいいお子さんですね」

と声をかけてしまった。振り向いたのは、その妻の方だった。

「ええ、可愛く見えるんですけどね、でも、もうだめなんです」

「いったい何がだめなんですか」

「この子、全然食事を食べないんです。一生懸命食べさせても、駄目なんです。むりやり口

に押し込んでも、吐いちゃうんです。お医者さんに見せたら、精神的なものと言われるし、この子がおとなになっても、幸せにはなれないだろうと思うと、不憫で」

「そうですか」

その夫婦の順番が来た。彼らは軽いいかだを楽々と持ち上げると、『流し口』に載せ、行方も確かめずに去っていった。次は私たちの番である。

「あなた」

「ああ、もう決めたことだ」

私と妻は、ためらいながらも、いかだを『流し口』に置いた。ここで手を放してしまえば、わが息子は初めからいなかったことになる。

後ろからの視線が、痛いほど感じられた。速くしろ、というのだろう。ここまで来て、人様に迷惑をかける訳にはいかない。

私と妻は、目で合図をして、手を放した。

息子のいかだは水管の上を、時々回転しながら、順調に流れていき、船外へ出ていった。

二人で合掌し、その場を辞した。

「甲板に上がろう」

「ええ」

甲板に出てみると、ポツリポツリと小雨が降り始めていた。何組かの夫婦が、茫然と川面を眺めていたが、既に夜になっており、いかだが出てくる所は見えても、流れて行くとすぐに闇に紛れた。

あんな子供でもいなくなると、寂しくなり、小雨に濡れるのも構わず、私たちは甲板で長い口づけを交わした。

甲板へ快活に上がってくる足音がした。緑のジャケットを着ているところを見ると、先程の女性インストラクターの一人なのであろう。彼女は二回、大きく手を叩いて私たちの注意を喚起してから、大きな声を叫んだ。

「長らくお待たせいたしました。流しの儀式はただいま、滞りなく終了いたしました。続きましてホールにてパーティーを行います。すみやかに御入場下さいませ」

高級エレベーターガールのような口調でそこまで一息に言うと、彼女は登ってきたのと同じような足取りで階段を下りていった。甲板に出ていた連中は、私たちも含め、ぞろぞろと後について、ホールに向かった。

ホールは既に、先程とは雰囲気が打って変わって、華やかな祝宴の場となっていた。色とりどりの電飾が壁や天井を彩り、フランス料理や中華料理が、バイキング形式で各所に並べられていた。進行役の男がマイクを持った。

「さて皆様、儀式が終わった後の一時、このパーティーでおくつろぎ下さい。料理も酒も山ほど用意してありますので、一つ存分に、食べ、そしてお飲み下さい。あ、コップの用意はできましたでしょうか。では一つ、私が乾杯の音頭を取らさせて頂きます。乾杯！」

宴会が始まった。同じ悩みを解決した同士、という気安さが、私たちの口を軽くした。「あなたは、ここは初めてですか」

私と同年くらいの男に声をかけられた。

「いえ、二度目です」

「じゃあ、私と同じですね。しかし、政府は儲かるでしょうね。一度儀礼的、合法的に子供を捨てさせるだけで、参加費は一千万円ですからね」

「子供はどうなるんでしょう」

「まさかそのまま放置ということはないからどこかで拾って始末するのでしょうが、その話はここではタブーですよ。ところで、あなたも、財界関係？」

「ええ、父が経営者です」

この前と同じように、話は弾んだ。おそらくまた人脈として利用できるだろう。妻も妻で話し相手をみつけ、普段通りの澄んだ声でおしゃべりを楽しんでいる。その時ふと、子供を捨てたのは、このパーティーに出席するためもあったのではないか、という思いがふと心の中に沸き上がり、もうもうと黒雲のように広がって、それを否定するために五分間ほど時間がかかった。

あとがき

本書に収められた小説群を書いたのは、私が学生・院生時代だから、今からするとざっと二、三十年前ということになる。うまくいけば小説家になろうと思っていたが、もちろんそんな夢はかなうはずもなく、しかし運よく大学の教師になって、あっという間に年月が過ぎた。先日研究室を片付けていたら、今ではふつうには読めない富士通OASYSのフロッピーが何枚も出てきた。親指シフトの専用機で開いてみると、もう忘れてしまった小説がたくさん入っていた。本当なら「若気の至り」と捨ててしまえば良いのだが、自分のことになるとうぬぼれがあり、こんなものでも面白く読んでくれる読者がどこかにいるかもしれないなどと思って、まず一冊にまとめてみた（より短い、ショートショート的な作品は、もう一冊の「風嫌い」にまとめるつもりでいる）。共通するテーマは特にないが、考えてみれば大体はバブル経済のころに書かれているので、タイトルを「あの頃、バブル」とした。そういうことなので表題作はない。いつ頃書いたのかも記録を残していないが、おおむね執筆順に並べた。

一言ずつ思い出を書いておこうか。
「猥雑な風景」は大学生のころの自分をほぼそのまま書いている。今の大学生の方がはるかに勤勉だろうと思う。「交信」も書いたのは学生時代で、パソコン通信の揺籃期である。「若き証券マンの長広舌」は、証券会社に入った友人の口ぶりを思い浮かべながら書いたが、中身はフィクションと現実とを混ぜている。「誰もわたしを、ほめてくれない」と「主婦検定」は、まずタイトルが思い浮かび、それにふさわしいストーリーを考えた。前者はそれぞれに不満を抱えている若い夫婦を主人公にしてみた。後者は、「主婦検定」なる検定を役所が作るドタバタを書いたら面白いのではないかと思って考えたが、役所の内部など知らずに書いているので、実際の政策決定過程とは似ていないだろう。「動揺」は大学教師のところに昔の恋人の娘が入学してきたらどうなるかというシチュエーションが頭に浮かんで作った。「子捨て船」は今はなき、第一回パスカル短篇文学新人賞に応募した作品である。この後、第二回、第三回と応募して次第に成績を上げ、第三回には最終候補にまで残るのだが、三回でこの新人賞自体が終了してしまった。

著者　識

〈著者紹介〉

田畑暁生（たばた　あけお）

1965年生まれ。東京大学経済学部卒業。
同大学院社会学研究科博士課程単位取得退学。
現在、神戸大学人間発達環境学研究科教授。
専攻は社会情報学。
著書に『映像と社会』
『情報社会論の展開』（いずれも北樹出版）など。

あの頃、バブル

定価（本体1400円+税）

乱丁・落丁はお取り替えします。

2018年 3月16日初版第1刷印刷
2018年 3月26日初版第1刷発行
著　者　田畑暁生
発行者　百瀬精一
発行所　鳥影社 (www.choeisha.com)
〒160-0023 東京都新宿区西新宿3-5-12トーカン新宿7F
電話 03(5948)6470, FAX 03(5948)6471
〒392-0012 長野県諏訪市四賀229-1(本社・編集室)
電話 0266(53)2903, FAX 0266(58)6771
印刷・製本　モリモト印刷・高地製本

ISBN978-4-86265-666-7　C0093